晩夏

東京湾臨海署安積班

今野 敏

ハルキ文庫

角川春樹事務所

目次

晩夏

東京湾臨海署安積班

1

今年の夏も暑かった。

にもかかわらず、一時期あれほど話題になったゲリラ豪雨が、鳴りをひそめた。不思議なものだと、安積《あずみ》剛志《つよし》は、窓の外を見やりながら思う。

局所的な大雨は、思いも寄らない被害をもたらす。ゲリラ豪雨などないに越したことはない。今年の夏は、過ごしやすい夏だったかもしれない。

自然の営みは、人間の都合に合わせてくれたりはしない。局所的な集中豪雨が少なかったのには、それなりの理由があるのだろうが、それを知ったところでどうしようもない。

人間は、ただ、自然の気紛れを受《う》け容《い》れるしかないのだ。

そして、夏が終わらぬうちに、台風がやってきた。西日本、東海地区では大きな被害があったが、関東ではそれほどでもなかった。

房総半島への最接近が日曜日だったことも幸いしたかもしれない。今日は、台風一過の月曜日だった。

朝から快晴だ。台風が来るまでは、晴れといえば猛暑を連想させたが、今日はちょっと違う。八月の終わりで、まだまだ暑いことに変わりはないが、今日は湿気が少ないように感じる。

嵐《あらし》が過ぎるごとに、秋が近づいてくるのかもしれない。

午前九時過ぎに、課長から内線電話があった。刑事課長の榊原肇《さかきばらはじめ》は、五十歳の警部だ。いつも何かの問題を抱え込んでいるような顔をしている。事実、抱えているのだろう。

「水上安全課から連絡があった。漂流していたクルーザーの中から、死体が発見された」

「了解しました」

言いながら、安積は、強行犯第二係のほうを見ていた。誰もいない。相楽啓《さがらけい》係長率いる強行犯第二係は、未明から別件の捜査に着手している。

昨夜、台風のさなか、新木場のクラブで、ＶＩＰルームを借り切って、パーティーが行われていた。その店内で、変死体が発見されたのだ。

通報が午前二時十分。相楽班の係員が当番だったので、彼らが臨場した。真夜中の暴風雨の中、捜査に出向くのはうんざりだが、相楽は、嬉々《きき》として出かけて行ったに違いない。相楽は、強行犯第一係に、尋常ではない対抗心を燃やしている。というより、安積個人をライバル視しているというべきか……。

課長の声が聞こえてきた。

「もうじき、『はやしお』が、クルーザーを曳航《えいこう》して、別館の船着き場に戻って来る」

『はやしお』は、十二メートル級の警備艇だ。正式には、警察用船舶というのだが、しいので、慣習的に警備艇と呼んでいる。

東京湾臨海署は、新庁舎に移るときに組織が大幅に拡充された。その際に、かつての水上署を統合して、水上安全課ができた。

水上署が持っていた、水上派出所や警備艇は、東京湾臨海署の所属になったのだ。かつての水上署は、現在東京湾臨海署別館としてそのまま使用されている。所在地は港区港南五丁目だ。

「臨場します」

電話が切れた。安積は、受話器を置くと、係員たちを見た。村雨秋彦《むらさめあきひこ》は、電話を受けた段階から、安積のほうを見ている。何か指示があるものと、待ち構えているのだ。

村雨は、三十七歳の巡査部長だが、どう見ても実年齢よりも老けて見える。いつも、仏頂面《ぶっちょうづら》をしているせいだろうか。

真面目《まじめ》で優秀な警察官だ。だが、その生真面目さが、時々鼻につく。

安積班には、あと二人の巡査部長がいる。須田三郎《すださぶろう》と水野真帆《みずのまほ》だ。

須田は、刑事としては明らかに太り過ぎだ。その体型と動作が緩慢なことで、頭の回転まで鈍いと思われがちだ。だが、彼の観察力や洞察力には、安積も一目置いていた。人は、見かけではわからないものだ。

水野は、安積班で、一番の新顔だ。旧庁舎から、今の新庁舎に移る際に、刑事課が増強された。強行犯も、第一と第二に分かれて、人員が補充された。その際に、東京湾臨海署にやってきたのだ。

すらりとした見事なプロポーションをしており、誰もが認める美人だ。職場では、それが災いすることがある。もてすぎるのも問題だ。

女性であるというだけで、異分子なのだ。だが、安積班はそうした問題も乗り越えつつある。水野も、ようやく自分の居場所を確保したようだ。

須田は、村雨とは対照的に、安積が電話を受けたことなど気にも留めない様子で、隣の黒木《くろき》と話をしている。

黒木和也《かずや》は、須田と組んでいる。黒豹《くろひょう》のように引き締まったしなやかな体格をしている。動作にもまったく無駄がない。

彼は、いつもただ伏し目がちに須田の話を聞いている。須田は、真剣な表情だが、話の内容はおそらく取るに足らないことだ。それでも、黒木にとって、須田の話を聞くことが重要なのだ。

安積班で、一番若手の桜井太一郎《さくらいたいちろう》は、村雨の相棒だ。彼は、常に村雨のことを気にしているように見える。飼い慣らされた犬のようだと、安積は思ってしまう。

おそらく本人は、そんなつもりはないに違いない。

安積は、村雨に言った。

「漂流していたクルーザーから遺体が出た。おまえさんと桜井は、コンビニ強盗の件をかかえていたな？」

そちらの件に専念させたかった。村雨が言った。

「そちらは、だいじょうぶです。私たちも臨場します。青海埠頭《あおみふとう》ですね？」

強盗事件を放《ほう》っておいて、何がだいじょうぶなのだろう。ふと、そう思ったが、村雨がそう言うのだから、間違いはないはずだ。

「もうじき、警備艇の『はやしお』が着岸する」

安積が言うと、係員たちは、それぞれに出かける準備を始めた。


臨海署別館の前の船着き場に立つと、レインボーブリッジが間近に見えた。大小の警備艇が並んで繋留《けいりゅう》されている。

台風一過で、空は晴れ渡っているが、まだうねりは高かった。その波間を、グレーの船体に白い上部構造の『はやしお』が、真っ白いクルーザーを曳航して近づいてきた。

今日は、潮の香りが強い。

安積は、そんなことを思いながら、近づいてくる警備艇を眺めていた。

「ドザエモンじゃなくて、助かったな」

その声に振り向くと、鑑識係長の石倉晴夫《いしくらはるお》が、やはり『はやしお』を見つめていた。四十七歳の鑑識のベテランだ。「遺体は、船上にあったということだからな」

刑事は、いろいろな遺体に遭遇するが、もっともやっかいなのが、焼死体と水死体だ。

安積は言った。

「鑑識は、警備艇に乗っているものと思っていましたが……」

「俺は、船酔いするんだよ。こんなうねりの日に海に出たら、仕事にならない。それにな、船舶の事件現場というのは、船内のことを言うんだ。船がどこにあったかなんて関係ない」

関係ないというのは言い過ぎだ。安積は、そう思ったが、何も言わないことにした。

たしかに、石倉が言うとおり、船舶での事故や事件の現場は、船内だ。状況がそっくりそのまま残るからだ。

今、警備艇は、死体を中に入れたまま、クルーザーを曳航してきた。つまり、現場をそのまま運んできたということだ。

警備艇が着岸すると、水上安全課の係員がロープを受け取り、繋留作業にかかる。乗組員も陸《おか》に上がり、てきぱきと、クルーザーの繋留を終えた。

安積は、その作業を眺めていて、しばし爽快《そうかい》な気分になった。日に焼けた水上安全課の係員たちは、間違いなく海の男たちだった。

クルーザーは、純白で、よく手入れがされているように見えた。船体に、ＰＨＯＥＮＩＸと書かれている。どういう意味だろう。

まさか、知らないだろうなと思いながら、試しに須田に聞いてみた。

「船の名前だと思うが、何と読むんだ？」

須田は、しばらく見ていた。やがて言った。

「ポエニクス。ギリシャ語で、火の鳥のことですね」

須田には、いつも驚かされる。彼は、好奇心と知識欲の塊《かたまり》なのだ。

「行こうか」

石倉が言った。安積たちは、ポエニクス号の船上に移動した。

嵐を通り抜けた船の甲板は、まだ濡《ぬ》れている。滑るので気をつけなければならない。

材質はわからないが、いかにも頑丈そうな板張りの甲板だ。船室の上に操舵室《そうだしつ》があり、外から見ると、上部構造が二階建てのように見える。甲板から中央の階段を下ると、船室だ。

水上安全課の係長が同行してくれた。彼の名は、吉田勇《よしだいさむ》。四十九歳の警部補だ。彼らは、普段は臨海署別館に詰めている。

安積は、吉田のことを、密《ひそ》かに船長と呼んでいた。よく日に焼けており、貫禄《かんろく》がある。制服を着ていなければ、警察官には見えないだろう。

安積は、吉田に尋ねた。

「船の所有者は？」

「現在、照会中だ」

「立派な船ですね」

「そう。こういう船を所有し、なおかつ維持し続けられるのは、大金持ちだね」

「死体は、船室の中ということですね？」

「ああ。発見された当初、船室には鍵《かぎ》がかかっていた。窓から中の様子を見たら、人が倒れていたので、鍵を壊して中に入った。そのときには、すでに息がなかった」

「鍵を壊した……?」

「そうだよ。生死が確認できなかったからな。そういう場合は、人命救助が最優先される」

安積はうなずいた。

数々の海難救助を経験した吉田船長の言葉には独特の重みがある。

まず、石倉たち鑑識が最初に船室に入った。その間、安積たちは、甲板を歩き回って船の様子を見た。

須田は、へえ、とか、ほお、などと時折声を洩《も》らして、しきりに感心している。船の豪華さに感動しているのだろう。

安積は、吉田に、ポエニクス号を曳航するまでの経緯を尋ねた。

「午前八時三十分頃に、船が漂流しているらしいとの無線連絡が港湾局に入った。発信者は、釣り船の船長。朝早くから客を乗せてポイントを探していた。発見場所は、羽田沖だ」

「まだうねりがあるのに、釣り船が出たのですか?」

「多少の波なら出港するよ。釣り人たちは、高い金を出して船をチャーターしているんだ。自粛してくれれば、海難事故は減る。だが、なかなかそうはいかない」

「ポエニクス号を発見したときの状況は?」

「機関出力のない状態で、漂っていた。アンカーも打っていないので、釣り船の船長は、不審に思って、無線で呼びかけた。応答はなかった。近づいて、拡声器で呼びかけてみても、やはり同様だった。それで、港湾局に連絡したんだ」

「臨場したときの様子は?」

「釣り船の船長が発見したときと変わらない。ただ、潮に流されて、少し位置が東寄りに移動していた」

「東京湾内でも、潮の流れが影響するんですか?」

「黒潮じゃない。潮汐《ちょうせき》による流れだ」

「かなり海水をかぶっているようですね?」

「ああ、発見したときは、もっとひどかったな。昨夜の嵐の中、漂っていたのだろう」

「よく転覆しませんでしたね……」

「これくらいの船になると、復原力も強い」

「復原力?」

「波で船体が傾いたときに、そこからもとに戻る力だ」

「なるほど……」

「岸にいて、嵐に遭うと、船体を損傷する恐れがある。それで、嵐の間、船を出して沖で待機するようなこともよくある」

安積は驚いた。

「嵐の最中に、わざと海に出るんですか?」

「防波堤の中なら、それほどの波ではないし、船体の横から波を受けなければ、そうそう転覆するものじゃない」

「そういうものなんですか……。では、この船も、そういう状況で海に出た可能性があるということですね?」

「可能性はある。だが、断定はできない」

安積はうなずいた。

そのとき、石倉の声がした。

「おおい、いいぞ」

船室の中に入っていいということだ。安積は、真っ先に船室に下りていった。ドアの取っ手がひしゃげている。警備艇の乗組員が壊した跡だろう。

船室の中は、ゆったりしていた。座り心地のよさそうなL字型のソファがあり、その前に低いテーブルがあった。

その奥には、ダイニングテーブルがあり、台所もあった。トイレやシャワーまでついている。

調光のために色をつけた窓からは、波と真っ青な空が見えている。

死体は、ソファとテーブルの間にあった。仰向《あおむ》けで倒れていた。

目立った血痕《けっこん》はない。比較的きれいな仏さんだ。だが、糞尿を洩らしている。突然に死を迎えたことを物語っている。

石倉が言った。

「死斑《しはん》が全身に広がっている。死後六時間は経《た》っているな……」

「じゃあ……」

須田が言った。「死んだのは、台風の真っ最中ということになりますね……」

石倉が続けて言う。

「角膜も乾燥して白くなりかけている。やはり死後六時間くらいだと思うがね……。まあ、詳しいことは、本部の検視官に任せるしかないが……」

たしかに、死因や死亡推定時刻を割り出すのは、所轄の鑑識の仕事ではない。だが、石倉は、経験上、そういうことは熟知しているはずだ。安積は、石倉の意見を信頼していた。

「顔面が鬱血《うっけつ》し、溢血点《いっけってん》が見られる。首に索溝がある」

石倉が言うと即座に水野が反応した。

「絞殺ですね」

彼女は、東京湾臨海署に来る前は、鑑識係員だった。

「そう。殺しだな」

安積は、今石倉が言ったことを、その眼《め》で確かめた。

「係長」

村雨の声がした。そちらを見ると、船室の出入り口から誰かが覗《のぞ》き込んでいた。

「機捜です。遅くなりました」

安積は、軽く頭を下げた。

「ごくろうさまです」

機捜隊員の一人が近づいてきて言った。

「船室が現場ですか……。こりゃ、現場の聞き込みもできないですね……」

「現場の保存は、我々がやります」

「では、自分らは出番なしですね」

「捜査一課がやってきたら、相手をしてもらえますか？」

機捜隊員の表情が引き締まった。

「では、他殺ですか？」

安積は、石倉が言ったことを彼に伝えた。機捜隊員は、丁寧にメモを取った。

「絞殺……」

「うちの所見では、死後六時間ほどというところなのですが……」

「六時間前というと、まだ台風が通り過ぎていませんね……」

「発見されたときには、船室の鍵がかかっていたそうです」

「船室に鍵が……？」

「詳しい経緯は、警備艇の乗組員に訊《き》いてください」

「わかりました」

機捜隊員は、船室を出て行った。彼らは、船室の外を詳しく調べるはずだ。船体についた傷やこびりついた塗料など、何でも手がかりになり得る。

須田がぼんやりと佇《たたず》んでいる。いや、正確に言うとゆらゆらとしている。繋留されているものの、まだ波が高いので、船体が揺れる。そのせいで立っているのにも苦労している様子だ。

安積は、彼の表情が気になって尋ねた。

「何か気になることがあるのか？」

「鍵がかかっていたということは、密室殺人ですかね……」

それを聞いた村雨が顔をしかめた。

「ばかなことを言うな。外からだって施錠はできるだろう」

村雨の言うとおりだ。殺した後、ドアの外から鍵をかければいいのだ。

「そりゃそうだけどさ……」

須田が村雨に言った。「じゃあ、犯人はどこから来て、どこに行ったんだろう？」

村雨が、言葉に詰まった。これは、珍しいことだ。

代わりに桜井が言った。

「被害者と犯人は、いっしょに船に乗って出航したのでしょう。海上で犯行に及んで、犯人は、船から逃走する……」

「嵐の真っ最中だぜ」

須田が言う。「もし、石倉さんの見立てが正しいとすれば、死後約六時間だ。つまり、犯行当時は、海は大時化《おおしけ》だ。そんなときに、どうやって逃げられる……？」

桜井が言う。

「死亡推定時刻が間違っているんじゃないですか？」

水野がかぶりを振った。

「私は、石倉さんと同意見よ。死後六時間ほどで間違いないと思う。もちろん、前後一時間ほどの誤差はあるにせよ……」

須田が安積に言った。

「水死体の知らせは、ないんですよね？」

「水死体……？」

聞き返すと、須田は急に自信なげな顔になって言った。

「いえ、犯人は、何かの拍子に海に落ちてしまったのかもしれないと思いまして……。あるいは……」

「あるいは……？」

「犯行後に、海に飛び込んで自殺したとか……」

安積はかぶりを振った。

「まだ、そういう知らせはない」

「いや、すいません、俺、つまんないこと、言っちゃいましたよね。憤涙です。忘れてください」

そう言われても、須田の言葉は、なかなか忘れられない。だが、今は、あれこれ考えるよりも、まず課長に連絡しなければならない。

安積は携帯電話で課長にかけた。

「遺体には、絞殺と見られる痕跡《こんせき》がありました」

榊原課長が、憂鬱《ゆううつ》そうな声で言った。

「殺しか……。管内で、殺人が二件。えらいことになった……」

「殺人が二件？　相楽班の件も、殺しだったということですか？」

「今し方知らせがあった。署長に報告しておくが、二件とも捜査本部ができる、なんてことになったら、臨海署はパンクしちまうぞ」

電話が切れた。

榊原課長が嘆くのも無理はない。臨海署がパンクするというのは、決して大げさな表現ではないと、安積は思った。

捜査本部ができた署は、その年の忘年会が吹っ飛ぶと言われている。それくらいに、所轄にとっては負担が大きいということだ。

電話を切って、三十分後に捜査一課の連中が乗り込んできた。検視官もいっしょだった。アメリカの検視官は医者だが、警視庁の検視官は、法医学の研修を受けた、捜査経験の豊富な警察官だ。

法律上は、医師の立ち合いのもとに検察官が検視をすることになっているが、実際には、警察官による代用検視が一般的だ。

検察官は多忙で、初動捜査にやってくることは稀《まれ》だし、法医学を専門とする医師の数も限られている。

捜査一課が臨場してからは、安積たちがやることは、あまりなくなった。今後の捜査方針を決めるのは、捜査一課の課長か、刑事部長だ。

安積は、先ほどの言葉どおり、捜査一課の捜査員への対応を、機動捜査隊に任せていた。そのほうが、話が円滑に進むような気がした。

検視官も、一目見て他殺と断定した。海の上の殺人事件。

やはり、須田の言ったことがひっかかっていた。

犯人は、どこから来て、どこへ行ったのか……。

相変わらず、海はうねっていた。

2

署に戻ると、すでに四階の講堂で、捜査本部の準備が始まっているということだ。相楽班の事案だ。

まだ、捜査本部の体裁は整っていないが、捜査員たちは、講堂に集まり、情報交換と班分けをはじめているという。

課長室に呼ばれた。榊原課長の顔色がすぐれない。すでに、ストレスに苛《さいな》まれているのだろう。

「そちらの事案も、捜査本部ができることになった」

「わかりました」

「すでに講堂は相楽たちに押さえられた。そちらの捜査本部は、別館の講堂に作ることにした。すでに、捜査一課の連中はそちらに向かっているはずだから、すぐに合流してくれ」

また、別館に逆戻りだ。署に戻る前に言ってほしかった。警察では、こうしたちぐはぐなことが、しばしば起きる。

ここで文句を言っても始まらない。

「了解しました」

「捜査本部ともなれば、強行犯第一係だけでは、とても、人手が足りない。署長や副署長と相談して、人員を回す。それについては、追って連絡する」

安積は、野村武彦《のむらたけひこ》署長の顔を思い出していた。誰もが頭を抱えるような事態だが、もしかしたら、野村署長は、歓迎しているかもしれないと、安積は思った。

野村署長は、野心家だ。どんな状況にも果敢に挑戦していくタイプだ。長い間、東京湾臨海署には、副署長がいなかった。それは、野村署長が、マスコミ対策など、副署長の役割をすべてこなしていたからだ。

マンモス署となった今、さすがにそれは許されず、今年から副署長が着任した。瀬場智之《せばともゆき》という名で、野村署長と同じく、警視だが、こちらはノンキャリアだ。

瀬場副署長は、野村署長とは対照的で、実に冷静沈着な人物に見えた。理想的なナンバーツーかもしれない。

「課長は、どちらの捜査本部に臨席なさるのですか?」

安積は尋ねた。

「かけ持ちだよ」

そう言ってから、補足した。「捜査の進展によって、どちらかに縛りつけられることになる。もし、私が新木場の事案のほうにかかり切りになったら、そちらのほうは頁ふだ－

「課長の代わりなんて、とてもつとまりませんよ」

「もしかしたら、私よりも立派にこなせるかもしれない」

安積は、戸惑った。係長と課長では、権限がまるで違う。だが、ここであれこれ言って、これ以上榊原課長のストレスを増やすわけにはいかなかった。

「できるかぎりのことはいたします」

安積は、そう言って課長室を退出した。


強行犯第一係を率いて、再び別館に向かおうと、一階までやってくると、正面から交機隊の制服姿が近づいてくるのが見えた。

「よう、ハンチョウ。出かけるのか？」

交機隊の小隊長、速水《はやみ》直樹《なおき》だ。速水は、安積と初任科の同期だった。

東京湾臨海署が、まだ小規模でプレハブに毛の生えたような粗末な庁舎だった頃、ベイエリア分署などと呼ばれていた。

日本の警察に分署という組織はない。だが、マスコミがベイエリア分署という名前を使いはじめ、いつしかそれは警察内の会議でも通用する呼称になっていた。

それには、特殊な事情があった。もともとは、交通機動隊や高速道路交通警察隊の分駐所だったのだ。そこに、小規模の警察署が同居することになった。

大規模になった臨海署を、ベイエリア分署と呼ぶ者は、もういない。だが、かつての伝統を引き継いで、今でも交通機動隊と高速道路交通警察隊の分駐所が同居している。

東京湾臨海署の駐車場には、おびただしい数のパトカーや白バイが並んでいるが、これは、ほとんどが、交機隊や高速隊の車両なのだ。

交機隊、高速隊は本庁の組織だ。したがって、速水も臨海署の署員ではなく、本庁所属だ。

安積は、立ち止まり言った。

「おまえは、どうしていつもそんなに暇そうなんだ?」

「傷つくな、ハンチョウ。俺は、毎日激務をこなしているんだ」

「外のパトロールだけじゃ足りなくて、署内をパトロールして歩くんだから、そりゃ、忙しいだろう」

「別館へ行くんだろう?」

安積は、驚いた。

「どうしてそんなことを知ってるんだ?」

「パトロールの成果だよ。クルーザーに死体だって? 水上署を統合してから、海の事件にまで引っぱり出されるようになったな」

「海は嫌いじゃない」

「足が必要だろう。交機隊のパトカーに乗せてやろうか?」

「パトカーをタクシー代わりにするわけにはいかないだろう」

「俺ならできる。なに、パトロールのついでに、別館に寄っていくだけだ」

「そういうことを言っていると、いずれ処分されるぞ」

「捜査一課の連中が来てるんだろう。なめられないためにも、パトカーで堂々と乗り付けるんだよ」

正直に言うと、ありがたかった。捜査車両は限られている。安積に割り当てられている車両などない。

「何人乗れる？」

「係長と水野だけだ」

「水野？」

「騎士道精神だ。女性には優しくしないとな」

こいつは、臆面《おくめん》もなく、こういうことを言ってのける。

村雨が言った。

「係長、私たちはだいじょうぶです。あとは全員、私の車に乗れますから」

自家用車を持ってきているようだ。所轄ではどこでも捜査車両が不足しているので、自家用車を転用することがよくある。

速水が言った。

「話は決まった」

安積は、速水のパトカーの後部座席に、水野と並んで乗り込んだ。速水は助手席だった。

　安積は尋ねた。

「おまえが運転するんじゃないのか？」

「運転してほしいか？」

「いや、寿命が縮むからいい」

　速水がほくそ笑むのが、後ろ姿でもわかった。

　パトカーが発進した。速水が言った。

「サイレン鳴らそうか？」

「やめろ」


　別館前で、安積たちを下ろすと、速水のパトカーは、すぐに去っていった。リアウインドウに書かれた「交機」の文字が誇らしげだった。

　別館の講堂には、すでに捜査一課の係員たちが集まっていた。一個班、十二人がやってきている。

　課長が言ったとおり、強行犯第一係六人だけでは、釣り合いが取れない。今頃、野村署長、瀬場副署長、榊原課長が人員を確保しようと、苦労しているに違いない。

　当然のことながら、相楽班が参加している捜査本部でも、臨海署の人手が不足しているはずだ。刑事課だけでなく、生安、組対、地域、警備、交通などすべての課から人員を捻《ねん》出《しゅつ》しなければならない。

地域課や交通課といった四交代の部署から非番の者を吸い上げることになるだろう。そうすると、当然シフトが狂い、四交代を三交代で回さなければならなくなることもある。捜査本部に参加した署員だけでなく、他の署員にも大きな負担を強《し》いることになる。管理職は、もっとたいへんだ。おそらく、榊原課長などは、これから休みなしで、二十四時間の拘束を余儀なくされるだろう。

休息が取れたとしても、いつ呼び出されるかわからない。恐ろしいストレスだ。捜査員たちは、皆そうしたストレスを抱えている。

その重圧に打ち勝つ唯一の方法は、捜査に前向きになることだと、安積は思っている。もともと、刑事は猟犬のようなものだ。目の前に獲物がいれば、走り続けられる。

警視庁本部からやってきたのは、佐治《さじ》基彦《もとひこ》係長の殺人犯捜査第五係だった。安積と同年代の警部だ。

白いものが混じった髪をきっちりとオールバックにしている。目つきは鋭い。実に刑事らしい風貌《ふうぼう》だ。

かつて、相楽は、佐治係長の下にいた。警視庁本部から所轄に下りてきたことを、相楽は不満に思っているのかもしれない。だからこそ、ことさらに手柄を立てようとしているのだろう。相楽は、そういう男だ。

係長になったのだから、栄転だと考えればいい。だが、彼はマイナス面を気にしてしまう。

担当の管理官は、池谷陽一《いけたによういち》。五十代はじめの警視だ。ロマンスグレーで、背広の着こなしがすっきりしている。見るからに切れ者という感じがする。

講堂には、すでに長机やパイプ椅子《いす》が並べられていた。これから、窓際に無線機を運び込み、パソコンや電話の設営をする。

安積は、吉田船長ら水上安全課の係員の姿に気づいた。警備艇の乗組員たちだろう。なるほど、野村署長は、彼らを送り込んできたというわけだ。実に当を得た措置だと、安積は思った。

安積は、まず吉田にうなずきかけた。それから、池谷管理官に報告した。

「臨海署強行犯第一係六名、到着いたしました」

池谷管理官は、ただ「ご苦労」と言っただけだった。

その後に、佐治係長に近づいた。

「よろしくお願いします」

佐治は、安積を見据えて言った。

「こっちは、十二人でやってきているのに、そちらは、六人か？」

さっそく来たな。

安積はそう思いながら言った。

「水上安全課六名がいます。これでバランスは取れるでしょう」

「私は、捜査員のことを言ってるんだ。海難救助をやるわけじゃない。これから、殺人の捜査をやるんだ」

そんなことは、署長か副署長に言ってほしい。そう思ったが、それを言ってしまっては角が立つ。

「警備艇がまず殺人現場であるクルーザーを発見したんです。彼らが一番役に立つんじゃないですか？」

佐治は、さらに何か言おうとしたが、池谷管理官の声に遮られた。

「さて、それでは、当該船舶を発見したときの経緯から、詳しく報告してもらおうか」

捜査員たちは、すぐに着席した。管理官に救われた恰好《かっこう》だった。

佐治も、嫌がらせをしているわけではないだろう。彼は、捜査に対して真摯《しんし》な態度で臨もうとしているだけだ。そう思うことにした。

吉田係長が、報告を始めた。それを聞きながら、安積はすでに知っている事実を確認していた。

午前八時半頃、釣り船の船長が、漂流しているクルーザーを発見して、港湾局に無線で知らせた。

その連絡が入り、警備艇『はやしお』が出動、ポエニクス号を発見した。乗船して調査したところ、船室内で人が倒れているのを発見。

船室は施錠されていたが、人命救助最優先の原則に従って、鍵を壊して船室内に入った。

倒れていた人物は、すでに息がなく、その時点で、署に連絡を入れた。それが、午前九時過ぎだ。

それから、安積たち強行犯第一係が、別館の船着き場で待機。『はやしお』がポエニクス号を曳航してきて、死体を確認した。

報告された事実は、安積が知っているとおりだった。

池谷管理官がさらに言った。

「検視官は、他殺と断定した。遺体は司法解剖に回されることになっている。検視官によると、発見された時点で、死後約五時間から七時間が経過していたということだ」

これも、石倉や水野の見立てどおりだと、安積は思った。

「被害者の身元は、現在確認中だということだが、それについては？」

この質問にこたえたのも、吉田係長だった。

「ポエニクス号の所有者と見て間違いないと思います。小型船舶登録によりますと、所有者は、加賀洋《かがひろし》、四十二歳。職業は、会社役員ということになっています」

管理官がうなずいた。

「では、身元の確認を急いでくれ。家族は？」

「現在、所持していた携帯電話を調べています。登録してある固定電話にかけてみましたが、留守電でした」

「佐治係長、安積係長、吉田係長の三人で、地取り、鑑取り、遺留品捜査等の班分けを頼む」

地取りというのは、犯行現場を中心に目撃情報などの聞き込みに回ることを言う。今回の場合は、現場周辺の聞き込みというわけにはいかない。海上で地取りはできない。したがって、普段ポエニクス号が停泊している施設などの聞き込みが中心になるだろう。

鑑取りというのは、敷鑑捜査のことで、被害者の人間関係を洗うことを言う。遺留品捜査は、犯人が残したと思われる痕跡や物品についての捜査だ。

捜査本部では、原則として、警視庁本部の捜査員が、所轄の係員と組むことになっている。それが、一番合理的な組み合わせなのだ。

所轄は、地域について詳しい。警視庁本部の捜査員は、所轄にはないさまざまな資料を持っているし、コネクションもある。何より、警察本部の上層部に直接つながっているというのが強みだ。

また、ベテランと若手を組ませるのが一般的だ。捜査員の教育という目的がある。

安積は、捜査一課の矢口雅士《やぐちまさし》という刑事と組むことになった。矢口は、桜井と同じくらいの年齢だ。

班分けが終わり次第、捜査に出かけることになった。

「よろしくお願いします」

矢口が頭を下げた。

「ああ、よろしく頼む」

「お噂《うわさ》はかねがねうかがっております。安積係長と組めて、光栄です」

本音だろうか。安積は、疑った。

警視庁捜査一課の捜査員は、皆恐ろしく気位が高い。選ばれた者だという自負があるのだそうだ。

若くして捜査一課に配属されているというだけで、エリート意識を持つはずだ。彼らが所轄の係長ごときに、こういうことを言うはずがないと思ったのだ。

「どんな噂か知らないが、そんなものは信じないほうがいい」

「自分は、相楽さんと入れ替わりで捜査一課を拝命しましたが、まわりの先輩たちからいろいろ聞いています」

今、相楽のことは話題にしたくなかった。

「相楽は、臨海署でよくやっているよ」

その一言で、話を終わりにした。

別館を出ようとしたとき、携帯電話が振動した。榊原課長からだった。

「はい、安積です」

「係長、速水小隊長から何か聞いているか?」

突然、そう尋ねられて戸惑った。

「速水ですか?　何のことです?」

「何も知らないんだな?」

「ですから、速水の何についてですか?」

気になる間があった。それから、溜《た》め息《いき》の音が聞こえる。

やがて、榊原課長が言った。

「速水小隊長が、新木場の件で、身柄を拘束された」

何を言われたのかわからなかった。

新木場の件というのは、相楽が担当している殺人事件のことだろう。それで、速水の身柄が拘束されたというのは、いったい、どういうことなのだろう。

安積は、何を質問していいのかわからず、しばし立ち尽くしていた。

3

「どうかしましたか？」

矢口が、訝《いぶか》しげな顔で尋ねた。安積は、携帯電話を手にしたまま、立ち尽くしていた。

咄嗟《とっさ》に、「何でもない」と言いかけて、安積は考えた。これからしばらく行動をいっしょにすることになるのだ。事情を説明しておいたほうがいい。

ただし、言葉を選んで……。

「臨海署が抱えている、もう一つの殺人事件で、知り合いの警察官が身柄拘束されたという知らせが入った」

矢口は、眉《まゆ》をひそめた。

「被疑者ということですか？」

「どういうことなのか、よくわからない」

「臨海署の同僚なのですか？」

「いや……」

安積は、わざと曖昧《あいまい》な言い方をした。「だが、普段は臨海署にいる」

矢口は、さらに怪《け》訝《げん》な顔になったが、ありがたいことに、それ以上質問してこなかった。

安積は、新木場の事案の捜査本部に乗り込んで、詳しい話を聞きたかった。何かの間違いだとは思う。だが、身柄が拘束されたというのは穏やかではない。

速水のことは気になるが、担当している事案をおろそかにするわけにはいかない。これから、ポエニクス号が事件前まで繋留してあったマリーナを訪ねることになっていた。江東区にあるマリーナで、かつては城東署の管轄だったが、規模が拡大された臨海署の管内になった。とにかく、そこへ向かわなければならない。

玄関で、やはり本庁の刑事と組んで出かけようとしている村雨を見かけた。彼に相談すれば、何とかしてくれるかもしれないと思った。

自分が安積の分までカバーするから、新木場の現場か捜査本部に行けと言うに違いなかった。それがわかっているから、声をかけられなかった。

村雨に負担を強いるのが嫌だった。いや、それよりも、彼に余計な気づかいをされたくなかったのだ。

こういうとき、強行犯第一係の三人の巡査部長のうち、どうしても須田を頼ってしまう。水野はまだ安積班に来て日が浅い。

村雨は、たしかに優秀な刑事で、間違いなく強行犯第一係のナンバーツーだ。だから、彼を信用していないわけではない。反りが合うかどうかの問題なのだ。

もちろん村雨のことが嫌いなわけではない。だが、どうしても、彼には気をつかってしまう。もし、村雨が自分の上司だったら、苦手だったに違いないと思う。

村雨は安積に会釈をして先に出かけて行った。こうなれば、マリーナに向かうしかない。そう思い、歩き出そうとすると、矢口が言った。

「その警察官とはお親しいのですね？　だから、安積さんのところに知らせが入ったのでしょう？」

安積は、矢口のほうを見ずにこたえた。

「そう。長い付き合いだ」

「詳しい事情がお知りになりたいでしょう」

「それは後回しだ」

「やはり、噂通りの方ですね」

安積は、矢口の顔を見た。矢口は、笑みをうかべていた。その笑いの意味はわからなかった。

安積が何も言わずにいると、矢口がさらに言った。

「マリーナのほうは、自分一人でだいじょうぶです。事情を聞きにいらしてください」

「いや、そういうわけにはいかない。仕事が先だ」

「自分のことが信用できませんか？　これでも捜査一課の刑事なんです」

安積は、迷った。自分が人情に流される人間だとは思いたくなかった。いつでも、仕事優先でやってきた。それが原因で、離婚することにもなった。

だが、今回は特別だった。まったく訳がわからない。せめて、どういうことになってい
るのか知りたかった。

安積は決断した。

「じゃあ、捜査本部で話を聞いたら、すぐに合流する。後で電話する」

「了解しました」

安積は、矢口と別れて臨海署の本庁舎に向かった。

「新木場クラブ殺人事件捜査本部」と戒名が掲げられた講堂にやってくると、出入り口近くに記者が群がっていた。

顔見知りの記者ばかりだ。

「安積さん……」

驚いたように、声をかけてきたのは、東報新聞の山口友紀子《やまぐちゆきこ》記者だ。「担当は、クルーザーの事件のほうじゃないんですか？　どうしてここへ……？」

「いや、何でもないんだ」

それだけ言って、記者を振り切り、捜査本部に足を踏み入れた。

相楽が安積に気づいて近づいてきた。実は、相楽がどんな態度でいるか、ここに来るまでずっと気になっていたのだ。

もしかしたら、相楽が速水に難癖をつけて、無理やり身柄拘束したのではないか、とす

ら考えていたのだ。

だが、相楽の表情は、想像していたものとまったく違っていた。眉間《みけん》にしわを刻んで、深刻な顔つきをしていた。

「話を聞きましたか？」

「速水が身柄拘束されたって、どういうことなんだ？」

「事件の概要は知っていますか？」

「いや、知らない」

「マル害は、香住昌利《かすみまさとし》、三十九歳。自称、ネットトレーダー。台風の最中に、クラブのＶＩＰルームを貸し切りで、パーティーが開かれていたそうで……。その最中に殺害されたものと見ています」

「死因は？」

「毒殺と見られていますが、詳しいことは、鑑定中です」

「速水は、どう関《かか》わっているんだ？」

「昨日、現場で目撃されているんです」

安積は驚いた。

「どうして速水が、台風の日にクラブのパーティーに……？」

「しかも、そのパーティーというのは、かなり特殊な人たちが集まっていたようなんです」

「特殊な人たち……？」

「芸能人やお笑い芸人、スポーツ選手などもいました。その他、青年実業家など、腐るほど金を持っているような連中です」

「そんなパーティーに、速水が出席できるわけがない」

そう言いながら、速水なら何か伝手《つて》があったかもしれないと、心のどこかで思っていた。付き合いは長いが、いまだに謎《なぞ》の多い男だ。

「事実、そのパーティーで目撃されているんです」

「身柄拘束された経緯は？」

「毒物が入っていたと思われるグラスに、いくつか指紋が残っていました。照合したら、速水さんがヒットしたんです」

警察に保管されている指紋のデータというのは、限られている。過去に犯罪歴のある者は当然、登録されている。犯罪の被害者の記録もある。そして、警察官のデータもある。

「それで、速水は今どうしてる？」

「事情を聞いています」

「被疑者として取り調べをしているわけではないんだな？」

「目撃されて、指紋が出ただけですからね。でも、参考人には違いありません」

この発言は微妙だと思った。今は、参考人に過ぎないが、重要参考人になるかもしれず、最悪の場合、被疑者になるかもしれない。そんなニュアンスを感じた。

「誰が話を聞いているんだ?」

「捜査一課の捜査員です。自分らも、身柄確保されてからの速水さんには接触していないので、詳しいことは何もわからないんです」

榊原課長が、こちらを見ているのに気づいた。

安積は、相楽に言った。

「何かわかったら、知らせてくれるか?」

相楽は、急に慎重な口ぶりになった。

「ええ、知らせられる範囲で……」

このあたりが、相楽らしい。百パーセントこちら側につくわけではないと言いたいのだろう。場合によっては、捜査一課の都合に合わせることを考えているのだ。

「よろしく頼む」

そう言って、安積は、榊原課長に近づいた。課長は、いつもよりいっそう気難しげな顔をしている。

「現場から、速水の指紋が出たそうですね?　いったい、どういうことなんでしょう?」

榊原課長は、顔をしかめた。

「こっちが聞きたい。本当に、何も聞いていないのか?」

「台風の中、パーティーに行っていたなんて初耳ですよ」

「どうして速水が、あんなセレブたちのパーティーにもぐり込んでいたのか、不思議だ……

まらんよ」

「とにかく、あいつが犯人であるはずがありません。もしかしたら、犯人について何か知っているかもしれませんが……」

「捜査一課の連中だって、はなからマル被扱いしているわけじゃない。だが、今のところ、他にはマル被は浮かんできていない」

「捜査は始まったばかりじゃないですか」

「関係者が、面倒なやつばかりで、なかなか捜査が進まない」

「芸能人やスポーツ選手も、現場にいたようですね？」

「ああ。そして、独身貴族たちだ。そういう連中は、話を聞こうとすると、代理人を通せだの、弁護士を呼べだのと言う」

独身貴族などという言葉は、久しぶりに聞いた気がする。相楽は、青年実業家と言っていた。たぶん、同じような人々を意味しているのだろう。

「事情聴取は長くかかりそうですか？」

「そんなことは、捜査一課の連中に訊いてみなければわからんよ」

「このまま、身柄の拘束が続くということはないですよね？」

「それも、捜査一課の連中次第だな」

「任務に支障をきたすじゃないですか」

「本庁の交機隊だ。任務のことなど知らんよ」

榊原課長は、そこまで言って、ちらりと安積を見た。「おまえと、速水の仲はよく知っている。心配する気持ちはわかるが、今はどうしようもない」

「身柄拘束と言いましたね？　参考人の事情聴取なら、任意のはずです」

これは重要なポイントだ。確かめておかなければならない。

「正式な扱いは任意だよ。原則として、帰りたいと言ったら、帰さなければならない。だが、それは相手が一般市民の場合だ。同業者が相手となれば、そういう気はつかわない。事実上の拘束と同じことになる。そういう意味で言ったんだ」

安積はうなずいた。

「相楽にも言いましたが、何かわかったら、教えてもらえますか？」

「もちろんだ。このことは、村雨たちには知らせたのか？」

「いいえ。まだ知らせていません」

知らせていいものか、迷っていた。そういうときは、他人に判断を委《ゆだ》ねればいい。「知らせたほうがいいと思いますか？」

「黙っていても、いずれ知られてしまう。よそから耳に入るより、係長から聞くほうがいいだろう」

「わかりました」

安積は、捜査本部内をさっと見回した。捜査員は外に聞き込みに出かけているのだろう。残っている人員の数は少ない。

捜査幹部と管理官、連絡係に予備班のベテランたち……。

出入り口からは、記者たちが中の様子をうかがおうとしている。

安積は尋ねた。

「速水がここに連れてこられたとき、まさか、手錠はしていなかったでしょうね？」

榊原課長がかぶりを振った。

「交機隊の制服を着たやつに手錠をかけて引っぱってくるわけにはいかない。そのあたりは、捜査員たちも心得ている」

そうだろうな、と安積は思った。もし、手錠を使っていたとしたら、記者たちの反応は、こんなものでは済まないだろう。

「私は、向こうの捜査に戻らなくてはなりません」

「あっちはどうなんだ？」

「被害者は、加賀洋、四十二歳と見られています。あの船の持ち主です。こちらと同様、まだこれからですね」

「そうだろうな。折を見て、あちらにも顔を出す」

「警視庁本部からは、佐治係長の班が来てますよ」

「くれぐれも、対立するなよ」

安積は、ちょっと驚いた。

対立など、考えたこともない。行きがかり上、捜査本部が二分するような事態になっても、自分はそれを調停する側の人間だと思っていた。

　他人の見方は違うのだろうか。

　安積は、「新木場クラブ殺人事件捜査本部」をあとにした。


　出入り口付近で、また記者に囲まれそうになった。

　記者たちが、口々に質問を浴びせてくる。

「安積係長、こっちの事案の担当は、相楽係長でしょう？　どうしてここへ？」

「両方の事案に何か関係があるということですか？」

「相楽さんと何を話していたんです？」

　安積は、口を堅く結んで、通り過ぎようとした。

「さっき、速水さんが、捜査本部に入って行きましたけど、どうされたんですか？」

　山口友紀子の質問だった。安積は、思わず反応しそうになった。だが、つとめて視線を動かさず、正面を向いたまま、記者の中を通り過ぎた。

　エレベーターに乗ったとき、ほっと一息ついていた。

　玄関までやってきて、矢口に電話をかけた。

「そっちはどんな様子だ？」

「マリーナの支配人に話を聞きました。マル害のことは、よく覚えていました。三年ほど前から年間契約を結んでいるということです。ただ、個人的なことは、まっと言ってましたね」

「他には……？」

「これから、何人かの従業員を当たることにします」

「すぐにそちらに向かう」

「ああ、その必要はないですよ。こちらは、自分一人でだいじょうぶだと言ったでしょう」

「そういうわけにはいかない」

「本当にだいじょうぶです。安積さんが、いらっしゃるころには、もう聞き込みが終わっているかもしれません。こちらは、任せてください。それより、お知り合いのほうは、どうなったのですか？」

「まだ、詳しいことはわからない」

「じゃあ、そちらにいらしてください」

「俺がいても何もできない」

「だったら、一足先に捜査本部に戻っていてください。聞き込みの結果を後で報告しますから……」

　そこまで言うのなら、と安積は思った。矢口も捜査一課なのだ。任せておいて、間違いはないだろう。

「わかった。では、捜査本部に引きあげて、帰りを待っている」

村雨たちが帰ってきたときに、速水のことをどう話すか考えておこうと思った。

矢口は、すぐに戻るような口ぶりだったが、なかなか帰ってこなかった。上がりの時刻は午後八時と決められていた。

午後七時頃、村雨とその相棒が戻ってきた。須田、黒木、桜井、水野はまだ帰ってこない。安積は、村雨に近づいて言った。

「ちょっといいか？」

「はい……」

村雨を人のいない部屋の隅に連れて行った。

「新木場のクラブでの殺人だが……」

「どうしました？」

「速水が身柄を引っぱられた」

村雨の表情が険しくなる。

「どういうことです？」

「形式的には参考人ということらしいが、捜査一課の連中が事情聴取をやっているということだ」

「どうして、速水さんが……」

「被害者が出席していたパーティーに、速水も参加していたらしい。毒殺だったらしいが、毒物が入っていたグラスから、速水の指紋が検出されたんだそうだ」

村雨は、しばらく無言だった。聞いたことを理解するのに時間がかかっているようだ。無理もないと安積は思った。安積自身そうだったのだ。

「まさか、被疑者扱いじゃないでしょうね?」

「わからない。課長や相楽に、何かわかったら知らせてくれるように頼んでおいた」

「知らせを待つしかありませんね」

「須田たちに知らせるべきか迷っている」

村雨はうなずいた。

「自分が話しておきます」

やはり、頼りになる男だ。それは充分にわかっているのだ。

この件は彼に任せることにした。

4

午後七時五十分頃、矢口がようやく戻って来た。彼は、まず、佐治係長のもとに行って、何事か報告し、それから安積の隣に着席した。

「遅かったな」

「いろいろと手間取りましてね……」

「手間取った？」

「いえ、たいしたことじゃありません」

「それで、何かわかったのか？」

「ポエニクス号がマリーナを出たのは、一昨日の午後二時頃だということです」

「一昨日からずっと海に出ていたということか？」

「マリーナには戻らなかったようですね。従業員の話だと、海が荒れてきたので、無理に帰港するよりも、沖にいたほうが安全だと判断したのかもしれないということです」

安積はうなずいた。

「嵐の最中に繫留されていると、波を食らって船体を損傷することがあるので、船を沖に出すことがあるそうだな」

そのとき、野村署長が入室してきた。捜査員たちは起立した。刑事部長や捜査一課長の姿はない。新木場クラブ殺人事件の捜査本部に臨席しているのかもしれない。

なにせ、あちらの関係者にはＶＩＰが多い。世間の関心も高い。そういえば、向こうの捜査本部には、マスコミの姿が多かったが、こちらでは、あまり見かけない。

池谷管理官の司会進行で会議が始まった。

「現場の捜査結果で、初動捜査に付け加えることはあるか？」

佐治係長が起立してこたえた。

「犯人の遺留品らしきものは見つかっていません。凶器もまだ特定できておりませんが、船にはロープの類《たぐい》がたくさんあるので、そのどれかが使用されたものと見て、鑑定を急いでおります」

「死因は絞殺で間違いないんだな？」

「間違いありません。死亡推定時刻も、午前中に発表したもので間違いありません」

つまり、今日未明の午前二時から四時の間ということだ。その時刻は、台風が接近して嵐の真っ最中だった。

「その他には……？」

「船室の鍵が壊されていたのが痛いですね。死亡時の状況が保存されなかったということですから……」

佐治係長は、平然と言ってのけた。

安積は、この言葉に驚いていた。水上安全課の係員たちを弁護してやりたくなった。

「ばか言っちゃいけない」

捜査員の中にそう言ったやつがいた。皆その声のほうに注目した。

弁護する必要などなかったなと、安積は思った。声を上げたのは吉田水上安全第一係長だった。

佐治係長は、起立したまま、吉田のほうを見ていた。冷静な眼差《まなざ》しだ。だが、冷ややかな眼《め》とも言える。

池谷管理官が、むっとした顔で言った。

「勝手に発言してはいかん」

吉田はひるまなかった。

「漂流している船を見つけて、その船室内に倒れている人を発見したら、まず人命救助が第一なんですよ」

佐治係長が吉田に言った。

「人命救助は重要だ。それは理解できる。だが、せめて鍵を壊す前に、写真でも撮っておいてほしかった」

「殺人現場だなんて、考えもしなかったからな。その代わり、壊す前の状態を詳しく説明できる」

いいぞ、船長。安積は、心の中でつぶやいていた。

池谷管理官が、さらに苛立《いらだ》った様子で言った。

「勝手に発言するなと言っている」

佐治と吉田は押し黙った。池谷管理官がさらに言った。

「では、鍵を壊したときのことを、詳しく説明してもらおう」

佐治係長が着席して、代わりに吉田係長が起立した。

「午前中にも報告したとおり、窓から船室内を見たときに、人が倒れているのを発見しました。すぐさま救助活動を行おうとしましたが、船室のドアが施錠されておりました。鍵は、シリンダーキーです。チェーン等の内側からの施錠はありませんでした。我々は、その鍵の部分を破壊し、室内に入り、倒れている人の様子を見ました。その時点ですでに死亡しておりました」

「死亡とした根拠は？」

「呼吸停止、心停止、瞳孔《どうこう》反応なし」

池谷管理官はうなずいた。

「わかった。何か質問は？」

佐治係長が挙手した。池谷管理官が指名すると、起立して言った。

「遺体がどういう状態だったかを詳しく知る必要があります。話によると、遺体を動かしたことになります」

池谷管理官は、まだ立ったままだった吉田係長に尋ねた。

「どうなんだね？」

「救命措置が第一ですから、当然それができる体勢を取らせました。発見したときには、ソファの前にうつぶせで倒れておりました。それを仰向けにさせました。位置は移動しておりません」

やはり立ったままの佐治が言った。

「発見時の遺体の手足の位置も、重要な手がかりになることがあるんだ。先ほども言ったが、写真を撮っておいてさえくれれば……」

「自分らが発見したとき、遺体が死亡時と同じ恰好をしていたかどうかは疑問だ」

佐治と池谷管理官が、同じように眉を寄せた。

池谷管理官が尋ねた。

「それは、どういうことだね？」

「あの船は、嵐の中を漂流していたんです。それがどういう状況だかわかりますか？　あの規模の船だと、船室内はバーテンダーが振るシェーカーの中みたいなものですよ」

なるほどと、今さらながら、安積は思った。池谷管理官や佐治係長も、納得せざるを得なかったようだ。

池谷管理官が言った。

「わかった。吉田係長は着席してくれ。佐治君、他にあるか？」

「現場については、以上です」

「では、鑑取りその他の聞き込みの結果について報告してくれ」

佐治係長が、続けて報告した。

「被害者は、ポエニクス号の所有者、加賀洋氏、四十二歳。現住所は、港区麻布十番一丁目……。IT関連の会社を経営していました。インターネット関連だそうです」

池谷管理官が、不審げに言う。

「ITバブルは、とっくに弾《はじ》けてるんだ。インターネット関連で、クルーザーが持てるほど儲《もう》かるものなのかな……」

「会社に事情を聞きに行った捜査員に、そのあたりのことを報告させます」

佐治係長は、捜査一課の係員に目配せした。佐治が着席すると、その捜査員が立ち上がり、言った。

「一九九九年から二〇〇〇年にかけて、雨後の竹の子のようにイー・コマース関連の会社が設立され、それらの会社の株価が異常なほど高騰しました。それが、インターネット・バブル、あるいはITバブルと言われた時代です。そのバブルは弾けて、多くの会社は倒産したり統廃合されましたが、要するに、インターネットだから儲かるということではなく、インターネットを使って、何をすれば稼げるのかを、ちゃんと見極めた者は、生き残り、今でも多くの収益を上げているのだそうです」

「つまり、加賀洋氏は、勝ち組だったということだね？」

「『サイバーセサミ』社の社員は、そう言っていました」

「『サイバーセサミ』？」

「加賀氏が立ち上げ、経営していた会社です。ネット上の物販、オークション、ブログの運営などを手がけている会社です」

安積は、周囲をそっと見回した。比較的若い連中は、今の説明をちゃんと理解しているようだ。

安積は、半分ほどしか理解できなかった。もちろんインターネットを使用した経験はある。検索は、捜査上役に立つことも多い。

だが、その世界にのめり込む連中の気持ちがどうしてもわからなかった。パソコンのことは、たいてい須田に任せている。彼は安積班で一番のパソコンマニアなのだ。

池谷管理官だって、ちゃんと理解したわけではなさそうだ。だが、『サイバーセサミ』の業務内容を正確に理解する必要などない。

被害者の加賀洋が、勝ち組で、大金持ちだったということが重要なのだ。

池谷管理官が尋ねた。

「会社で、トラブルなどは抱えていなかったのか？」

佐治係長ではなく、起立している捜査員がそのまま質問にこたえた。

「会社の業績は順調なので、金銭的なトラブルはないと見ていいと思いますが……」

「何だ？」

「一つだけ、気になることが……。『サイバーセサミ』が運営しているサイトの一つが詐欺まがいのことをしたというので、揉《も》めたことがあったそうです」

「詐欺……?」

「サイトの利用者が、物販で金を騙《だま》し取られたというようなことがあったようで……」

「加賀氏が訴えられたということか?」

「いえ、あくまで詐欺まがいのことをしたのは、サイトの利用者であって、『サイバーセサミ』は、いわば、ネット上の場所を提供しただけなので、加賀氏が詐欺の容疑をかけられたわけではありません。その利用者のサイトを閉鎖したことで、問題は切り離されました。つまり、『サイバーセサミ』社は責任を問われることはなく、サイト上で物販をしていた者と、そこで購買しようとした者との間の問題となりました」

たいした被害額ではなかったのだろうと、安積は思った。そうでなければ、もっと大きな問題になっていたはずだ。

そのネット詐欺と、今回の殺人は何か関係があるのだろうか。いろいろな可能性を考えてみようとした。だが、どうしても集中できない。

速水のことが気になって、ついそちらのことを考えてしまう。

あいつは、なぜ嵐の日にセレブが集まるパーティーなどに出席していたのだろう。あるいは、パーティーとは別の用事であのクラブに行っていたのだろうか。

毒物が入ったグラスに、速水の指紋がついていた。これは、何を物語っているのだろう。

速水が、犯人であるはずがない。だとしたら、どうして、速水の指紋が……。

「その詐欺まがいの出来事について、詳しく調べてくれ。二課で何かつかんでいるかもしれないから、協力をあおいでくれ」

その池谷管理官の声が、どこか遠くから聞こえてくるような気がしていた。

今まで報告していた捜査員が着席した。佐治係長が挙手をした。指名された彼は、立ち上がり、言った。

「船について、言い忘れたことが一つあります」

「何だ?」

「ポエニクス号が発見されたとき、機関が停止していたということですが、その理由がわかりました。燃料タンクが空だったのです」

「燃料タンクが空……?　それは何を意味しているんだ?」

「現在、捜査を進めています」

管理官が、吉田水上安全第一係長に尋ねた。

「それについては、どう思う?」

吉田は、座ったままこたえた。

「はっきりしたことは言えませんね。マリーナには、給油施設もありますから、通常は満タンで出航するはずですが……」

吉田の声も訝しげだ。

燃料タンクが空……。つまり、船はガス欠で機関停止したわけだ。マリーナを出航して、ときに、給油を忘れたということだろうか。

だめだ。頭が回らない。やはり、速水の件がひっかかっていて、うまく状況を思い描くことができない。

「マリーナを出たのは、一昨日の午後二時頃だということです」

「一昨日……」

池谷管理官が言う。「つまり、嵐の前に出航して、台風が来ている最中、ずっと海にいたということか？」

「そういうことになりますね」

「マリーナを出るとき、クルーザーには何人乗っていたんだ？」

「不明です。マリーナの従業員は、船内に何人いるかまでは確認しておりません」

「だが、まさか一人で出港したわけじゃないだろう」

佐治係長は、繰り返した。

「不明です」

池谷管理官は、しばらく考え込んでから言った。

「安積係長。あんたもマリーナに聞き込みに行ったんだったな？　ポエニクス号が嵐の中、海にいたことや、燃料が空だったことについて、どう思う？」

突然指名されて、驚いた。

佐治が着席したので、安積は立ち上がった。

「実は、事情があり、自分はマリーナには行っておりません。聞き込みは、捜査一課の矢口捜査員に任せました」

「マリーナに行っていない？　どこにいたんだ？」

安積は、ここでごまかしても仕方がないと思い、事実を報告した。

「新木場クラブ殺人事件の捜査本部に行っておりました」

「新木場クラブ殺人事件の……？　どうしてそんなところに……。本事案と何か関連があるのか？」

「いえ、そうではありません」

須田が心配そうにこちらを見ているのに気づいた。わざと眼を合わせなかった。村雨は、苦い表情で手もとの書類を睨《にら》んでいる。「自分と親しい現職警察官が、あちらの件で、参考人として身柄を引っぱられたと聞きまして、その事実を確かめようと思いまして……」

「親しい現職警察官が……？」

「初任科の同期です。捜査に専念すべきなのは、よくわかっておりますが、どうしても事情を知りたいと思いまして……」

「参考人というのは、どういうことなんだ？」

「事情を聞いている最中なので、詳しいことはまだ……」

「初任科の同期か……」

池谷管理官は、渋い顔をした。捜査を抜けて、よその捜査本部に行ったなど[illegible]たら処分ものだ。管理官も、叱責《しっせき》したいのはやまやまだろう。

やがて、彼は言った。

「まあ、気持ちはわからんではない。マリーナの件、話は聞いているんだろう？　どう思う？」

安積は、なんとか頭を働かせようとした。

「嵐が来る前に、マリーナに戻って来るつもりだったのかもしれません。しかし、海上で何かのトラブルがあって戻れなくなり、そのうちに台風が来てしまった。嵐のときは、繋留していると船体を損傷する恐れがあるので、沖に船を出すことがあると聞いております」

池谷管理官は、また吉田係長に尋ねた。

「今、安積係長が言ったことについて、どう思う？」

今度は、吉田も立ち上がった。

「納得できる話だと思います。沖で嵐に遭遇したら、着岸するのはかえって危険です。島陰などで嵐をやり過ごすとか、とにかく沖に出ていたほうがいいことが多い。その際、横波を食らわないように操舵する必要がありますし、機関出力がないと転覆の恐れがあるので、常にエンジンを噴かしているような状態が続きます。燃料が尽きたのは、そのせいかもしれません」

池谷管理官は、うなずいた。

「よし、引き続き聞き込みを続けてくれ」

会議が終了した。

須田が近づいてきた。言いたいことはわかっている。速水のことだ。

安積は、黙って須田の言葉を待った。

「ええと、速水さんが、事情を聞かれているって、本当なんですね？」

「捜査一課の担当者が話を聞いている」

「会えたんですか？」

「いや」

須田は、どういう表情をしていいのかわからない様子だった。彼は、状況ごとにどういう態度を取ればいいのか決めているようだ。

テレビドラマや映画から学んだに違いない。だから、須田の反応は、どこか戯画的だ。そういう演技をしているとも言える。彼が本当に困惑したときは、演技すらできないのだろう。

「速水さんのことだから、きっと何か事情があるんですよ」

「もちろん、そうだろう。だが、その事情がわからない」

黒木もやってきて、安積と須田のやり取りを聞いていた。彼は、余計なことは一切言わない。

桜井と、水野もやってきた。

最後に村雨が近づいてきて、安積班全員が集まった。

安積は、村雨に言った。

「捜査を抜けたのはまずかったな」

村雨は、難しい顔をしている。

「仕方がないと思います。自分も同じ立場だったら、そうしたかもしれません」

この言葉には、少々驚いた。

村雨は、何よりも規則を重んじる。だからこそ、警察官として頼りになるのだ。

「課長か相楽からの連絡を待つしかない」

村雨が言った。

「まさか、速水さんの身柄を引っぱったのは、相楽さんじゃないでしょうね？」

安積は、かぶりを振った。自分も一瞬同じことを考えたのを思い出していた。

「そんな話は聞いていない。相楽も当惑している様子だった」

「まだ、何の連絡もないということは……」

須田が言った。「まだ、事情聴取が続いているということですかね？」

「わからない」

安積は言った。「とにかく、わからないことをあれこれ言っていても仕方がない。こちらの捜査に専念することだ」

村雨と須田は、うなずいた。だが、釈然としていないのは確かだ。

そのとき、池谷管理官の声が聞こえた。

「おい、安積係長。ちょっと来てくれ」

須田が、露骨に心配そうな顔になった。村雨の表情もいっそう険しくなる。

安積は、彼らのもとを離れ、池谷管理官に近づいて行った。

5

「どうして、マリーナに聞き込みに行かずに、新木場の事案の捜査本部に行ったのか、君の口からちゃんと説明してくれ」

池谷管理官が言った。叱責されるのは、覚悟の上だった。

大勢の捜査員たちの前ではなく、こうして一対一で話を聞いてくれることに、感謝すべきだと思った。

「先ほども申しましたとおり、同期の者が、殺人事件の参考人として事情聴取されていると聞き、どうしても様子を見に行きたくなりました」

池谷管理官の表情は厳しい。

「君らしくないな。刑事が何をすべきか君ならよく心得ているはずだ」

たしかに、俺らしくない。

安積は、そう思った。何よりも仕事を優先してきた。私生活すら犠牲にして、警察官としての仕事に打ち込んできたのだ。

安積は、速水のことは後回しにして、聞き込みに出かけようとした。だが、矢口の申し出を受け容れて、マリーナのほうを任せてしまったのだ。

やはり、マリーナに行くべきだった。あそこで判断を下すのは、矢口ではなく、安積でなければならなかったのだ。

新木場の事案の捜査本部に立ち寄ったとしても、すぐに矢口を追って合流すべきだった。

「申し訳ありません」

そう言うしかなかった。

「君は、指導的立場にあるんだ。若手の矢口の手本になってもらわねばならない。友人のことが心配だからといって、捜査をおろそかにしていたのでは、矢口に対してもしめしがつかないだろう」

管理官の言うとおりだ。普段なら、誰よりも安積自身がそう考えているはずなのだ。

速水が身柄を引っぱられたと聞いて、すっかり驚いてしまったのだ。度を失っていたとしか思えない。

そんな自分が許せない気分だった。処分されても仕方がないと思った。

池谷管理官は、さらに言った。

「今後は、気を引き締めてくれ」

「はい」

管理官は、声を落として尋ねた。

「それで、詳しいことはわかっていないのか？」

安積は、意外な思いで池谷管理官を見た。管理官は、少しだけ顔をしかめて言った。

「そんな顔をすることはない。私だって、現職警察官が参考人として事情聴取を受けていると聞けば、心穏やかではない」

安積はこたえた。

「私が捜査本部に行ったとき、まだ事情聴取の最中でしたから、まだ詳しいことはわかっていません」

「現職の警察官というのは、誰のことだ?」

「交機隊の速水小隊長です」

「交機隊か……。それが、なんで事情聴取されているんだ?」

「事件が起きたとき、現場にいたようです。有名人や金持ちが集まるパーティーが開かれており、その最中に事件が起きたようなのですが、速水は、そのパーティーに出席していたようなのです」

池谷管理官が怪訝な顔をした。

「有名人や金持ちが集まるパーティー?」

「はい。芸能人やスポーツ選手、いわゆる青年実業家といった連中が集まるパーティーだったようです」

「そんなパーティーに、どうして、交機隊の小隊長が出席できるんだ?」

「さあ……。ちょっと不思議なやつなんです」

「気になるのはわかる。だが、こちらの事案に集中してくれ」

「はい」

「話は以上だ」

安積は、規定通りの礼をしてその場を離れた。

須田がさっそく尋ねてきた。

「何の話でした？」

「油をしぼられたんだよ。やるべきことをやらなかったからな」

「でも、仕方ないですよ。誰だって、友人が身柄を拘束されたと聞いたら、事情を知りたくなります」

「正確に言うと、速水は、身柄を拘束されているわけじゃない。あくまでも任意だ」

「そうでした。すみません……」

須田は、慌てて謝ったが、事実上は拘束と変わらないと、課長も言っていた。

安積は、時計を見た。午後九時半になろうとしていた。この時刻なら、課長はまだ捜査本部にいるかもしれない。電話をかけてみようか……。

まだあちらは、捜査会議をやっている可能性もある。電話は、遠慮したほうがいいかもしれない。何かあれば、あちらから連絡すると言っていた。その知らせを待つべきだろうか。

だが、ただ待っていることはできそうになかった。

迷った末に、安積は課長に電話してみることにした。

呼び出し音四回でつながった。

「榊原だ。安積係長か？　何だ？」

「今、電話、だいじょうぶですか？」

「だいじょうぶだ。捜査会議が終わったところだ」

「速水の件は、どうなったかと思いまして……」

「よくわからないんだ」

「よくわからない……？　どういうことです？　事情聴取は終わっているんでしょう？」

「いちおう、終わってはいるんだが……」

「事情聴取が終われば、解放されるはずです。速水はどうしているんですか？」

「思ったとおり、捜査一課の連中は、速水を事実上、被疑者扱いしている。留置場にこそ入れないが、取調室に拘束して、誰とも接触させないようにしている」

「取調室に……？　もう、九時間以上取調室にいることになりますよ」

「言っただろう。こういう場合は、身内であることが裏目に出るんだよ」

「速水は、何かしゃべったのですか？」

「本人は、わけがわからないと言っているそうだ」

「どうして、問題のパーティーに出席していたのかは、しゃべったのですか？」

「いや、それについては、何も言わないようだ。速水は、ああいう男だ。捜査一課の連中が高圧的になればなるほど、強情になる」

そのとおりだと、安積は思った。

丁寧に尋ねれば素直にこたえるだろうが、相手が高飛車だったり、乱暴だったりすると、とたんに口を閉ざすだろう。

そして、おそろしく我慢強いはずだ。さらに、警察の手の内を知り尽くしている。口を閉ざしたら最後、刑事にとってこれほど手強《てごわ》い相手はいない。

しかし、と安積は思った。

何も意地を張って沈黙を守る必要などないのだ。知っていることを、すべてしゃべって、さっさと自由になったほうがいいに決まっている。

速水はいったい、何を考えているのだろう。

「いくら身内だって、人権問題になりますよ」

「捜査本部としては、口を割らせたいのと同時に、マスコミに接触させたくないんだ。あいつのことだから、マスコミに質問されたら、何をしゃべるかわからない」

「そんなに軽はずみな男じゃないですよ」

「とにかく、捜査一課の連中は、まだまだやつを解放する気はないようだ」

「わかりました」

そう言うしかなかった。

「何かあったら、すぐに連絡するよ。そっちはどうだ？」

「聞き込みを本部の若手に任せて、そちらの捜査本部に行ったことを、管理官に叱られましたよ」

「まあ、仕方がないだろう。じゃあな」

電話が切れた。

村雨、須田をはじめとする部下たちが、安積のまわりに集まっていた。捜査本部では、原則として組んでいる相棒と行動をともにすべきだ。だが、やはり気心の知れた者同士が自然に集まってしまうものだ。

今度は、須田ではなく村雨が質問してきた。

「どうです？」

安積は、部下たちの顔を見ずにこたえた。

「まだ解放されていないようだ。誰にも接触させないので、様子がわからないと、課長は言っていた」

「何か知っていて、隠しているのでしょうか」

村雨がしかめ面をする。「だとしたら、やっかいですね」

その言い方が、少しだけ癇《かん》に障った。

「おい、被疑者のような言い方をするな」

村雨の代わりに須田が言った。

「でも、現場にいたんだから、何か知っているはずですよね」

須田が言っても、不思議と腹が立たない。

「それは、わからない」

安積はこたえた。「本人の口から聞くしかない」

須田が浮かない顔でうなずいた。

「そうですね……」

何か考えているのかもしれない。彼の洞察力には、舌を巻くことがしばしばだ。だが、今ここで彼の推論を聞きたくはなかった。

安積は、部下たちに言った。

「速水のことは、向こうの捜査本部に任せるしかない。俺たちは、こちらの事案に集中しなければならない」

「そうですね」

村雨が言った。「それがまず第一です」

その一言で、その場はお開きになった。部下たちが去って行くと、安積は、吉田係長が席に着いたまま、むっつりと何事か考え込んでいるのに気づいた。その様子が気になって、近づいていき、尋ねた。

「何か気になることがあるんですか?」

吉田は、日焼けした顔を安積に向けてこたえた。

「ポエニクス号が、マリーナを出発したのは一昨日だということだった」

「はい」

「当然、嵐が来ることを知っていたはずだ。船乗りは、必ず天気図や気象情報を確認する」

「それが何か……？」

「そんなときに、プレジャーボートで出航するのは常識では考えられない」

「嵐の前に戻って来るつもりだったのかもしれません」

「マリーナの従業員も、出航しないようにアドバイスするはずだ」

安積は、考え込んだ。

「出航しなければならない、特別な理由があったと考えるべきでしょうか？」

吉田係長は、安積の顔を見つめた。

「そんなことは、俺にはわからない。俺は、嵐が来ることを知っていて出航していくやつの気持ちなどわからないんだ。まあ、そういう連中がいるから、海難事故がなくならないのも事実だが……」

「結局、嵐の間中、海にいることになったわけですからね……」

「燃料が空だったというのは、何を物語っているのかを、ずっと考えていた」

「嵐の中にいるときは、ずっとエンジンを噴かしていなければならないと、さっき言ってましたね？」

「そうだ。機関出力がなくなると、波に呑まれる恐れがある。ポエニクス号はたしかに復原力がそこそこある船に見えるが、それでも機関停止状態だと、転覆していただろう」

「それは、なんとなく理解できます」

「問題は、誰が操舵したのかということだ」

安積は、思わず眉をひそめていた。

「誰が操舵したか……？」

「遺体が発見されたとき、すでに死後五時間から七時間が経過していた。嵐の真っ最中だった。その間、エンジンを噴かしていたから燃料が空になったのだろう。だが、死人が操舵することはできない」

そんな当たり前のことを、言われるまで気づかなかった。やはり、捜査に集中していないということだろうか。

いや、海や船のことがよく理解できていないので、なかなか状況を想像できないせいもあるだろう。

「須田が言ったことで、ずっと気になっていたことがあるんです」

「何だ？」

「犯人は、どこから来て、どこに行ったのだろう……。殺人は、嵐の真っ最中に実行されました。犯人が嵐の間に船に現れて、嵐のさなかに船から去って行くなんてことは考えられません」

「つまり、殺人の後、操舵し続けていたということになるな」

「船に関して素人じゃないということですね」

「あの嵐を乗りきるには、かなり熟練した操舵の腕が必要だと思う」

安積はうなずいた。

「犯人は、出航するときに、すでに船にいたと考えていいかもしれませんね」

「そうだな。わざわざ沖で船に乗り移るというのは現実的じゃない。海賊じゃあるまいし……」

「……となると、被害者の知り合いだった可能性が大きい。そして、その人物は、船に精通している……。ようやく犯人像が絞られてきましたね」

「だが、まだまだ憶測の部分が多い」

「手がかりには違いありません。やはり、海のことを知り尽くしている水上安全課がいてくれて助かります」

「ふん、捜査一課の連中は、そうは思っていないようだがな……」

佐治係長が、会議で言ったことが気に入らないのだろう。安積も同感だった。

ポエニクス号を発見した、水上安全課の係員たちは、彼らの任務を全うしようとしただけだ。漂流している船の中で倒れている人を見つけたら、人命救助が最優先される。

吉田係長が臨場したわけではないだろう。だからこそ、彼は佐治に反論したのだ。部下を弁護したということだ。

その気持ちは、よくわかった。安積も自分が批判されたのならまだしも、部下が批判されたら黙っていないかもしれない。

　安積は言った。

「佐治係長にも、今の話をするべきだと思いますが……」

「あいつは、俺の話など聞く耳を持たないだろう」

「そんなことはないと思います」

「捜一のやつらは、前々から虫が好かなかった。あの胸の『S1S』ってバッジは何だ？　あんなもんを付けているのは、捜一のやつらだけだろう」

　たしかに、彼らのエリート意識は鼻につく。自分たちが選ばれた捜査員だという誇りがあるのだ。それはそれで、悪いことではないと、安積は思っている。それが、職業意識につながればいい。

　だが一方で、捜査一課に昔ながらの職人的な刑事が少なくなっているのも事実だ。そういう刑事は、所轄にいる。昇級試験になど関心がない現場主義の刑事たちだ。

　職人肌の刑事は、近代的な組織捜査には馴染《なじ》まないのかもしれない。だが、そういうベテラン捜査員の経験や情報は、決してばかにはできないのだ。

　吉田は、海の職人だ。エリートぞろいの捜査一課とは肌が合わないのは理解できる。

「私が、伝えておきます。こういう情報は共有しておいたほうがいい」

「欲がないんだな、ハンチョウ」

「欲がない？」

「自分の手柄につながるかもしれないネタだ。それを、佐治なんかに教えちまうってのか？」

「手柄なんてどうでもいいことです。一刻も早く、犯人を特定して、身柄確保したい。それだけです」

吉田は、にっと笑った。

「ベイエリア分署の時代から、あんたの噂は聞いていたよ」

「ろくな噂じゃないでしょう？」

「新臨海署ができるとき、いっしょに仕事ができるかもしれないと、楽しみにしていたんだ」

こういうことを言われるたびに、安積はどうこたえていいかわからなくなる。

「ご期待にそえるように、努力しますよ」

安積は言った。「私も、水上署が統合されると聞いて、楽しみでした。海は嫌いじゃないんです」

吉田は、ほほえんだまま、無言でうなずいた。

6

安積は、吉田のもとを離れ、佐治の姿を探した。前のほうの席に陣取っている。すでに十時になろうとしているが、まだ捜査本部を出ようとしない。

ふと気になったのは、矢口が佐治のそばにずっと張り付いていることだった。そういえば、外から戻ってきたときに、矢口はまず佐治のもとに行って、何かを話していた。

聞き込みの報告をしていたのだろう。最初に佐治に報告すると決めているのかもしれない。

捜査本部では相棒なのだから、真っ先に俺に話をしてほしい。安積はそんなことを思った。

だが、普段いっしょに仕事をしている上司のほうが話しやすいのは当然だ。安積班の連中も何かと安積の周囲に集まりがちだ。だから、矢口のことをとやかく言えない。そう思うことにした。

安積が近づいていくと、佐治と矢口が同時に視線を向けてきた。

警戒心が見て取れる。何のために、警戒しなければならないのだ。そんなことを思いながら、安積は佐治係長に言った。

「吉田係長とちょっと話をしたのですが……」

佐治係長は、それを遮るように言った。

「それより、言っておきたいことがある」

安積は、その言い方に驚いた。

「何でしょう？」

「矢口を一人で聞き込みに行かせた件についてだ」

管理官に叱責されるのは当然だが、佐治から文句を言われる筋合いのものではない。そう思ったが、安積に落ち度があったのは事実だ。それを素直に認めておいたほうがいいだろう。

「そのことについては、反省しています」

「反省しているじゃ済まない。もしも、聞き込みに行った先で、被疑者が逃走したり、刃向かってきたらどうするつもりだったんだ」

それはいくらなんでも考え過ぎだと、安積は思った。だが、ここは反論すべきではない。

「思慮が足りませんでした」

「あっちの事案が気になるなら、相楽と交代してもらってもいいんだぞ」

佐治にそんな権限はない。

もし、そんなことができるのなら、やってもらってもかまわない。相楽といっしょのほうが仕事がやりやすいというのなら、別に安積に文句はない。

たしかに速水のことが気になる。向こうの捜査本部に詰められれば、様子がわかるはずだ。

しかし、端緒に触れた事案から外れるわけにはいかない。責任を感じるし、この事案を誰にも渡したくはないという意地もある。

「知り合いで、しかも現職の警察官が、殺人の参考人になっているというので、驚いただけです。その事案に関《かか》わりたいわけではありません」

「だったら、こっちの捜査をおろそかにするな」

さすがに腹が立ってきた。

たしかに、新木場の事案の捜査本部に足を運んだのは間違いだった。だが、最初、安積はそれを後回しにして、マリーナに聞き込みにいこうとしたのだ。

一人でだいじょうぶだと言ったのは矢口だ。合流しようとしたときも、矢口にその必要はないと言われたのだ。もちろん、彼の言うとおりにすべきではなかった。

だが、時には言葉に甘えたくなるときもある。

矢口は、何も言わず二人のやり取りを見つめている。

安積は言った。

「捜査をおろそかにするつもりはありません。ですから、吉田水上安全第一係長と話し合ったことを伝えに来たのです。それを聞くつもりがないということは、そちらも捜査をおろそかにしていることになります」

「反省していると言ったな？　それが反省している態度か？」

「昼間の出来事については反省しています。それと、捜査をおろそかにするかどうかというのは、別問題です」

「あんたは、実際に捜査をおろそかにしたんだよ」

真面目さが裏目に出ると、こういうことになる。佐治が上司なら、黙って小言も聞く。だが、彼は安積の上司ではない。

「犯人像につながる情報だと思うから、知らせに来たのです。反省しているという私の言葉を聞き入れるつもりがなく、こちらの情報を聞くつもりもないのなら、話はここまでです」

安積は、踵《きびす》を返して、佐治のもとを去ろうとした。

「待てよ」

佐治が言った。「話はまだ終わっていない」

安積は立ち止まり、振り返った。何も言うことはなかった。相楽は、やたら手柄にこだわり、安積をライバル視する迷惑なやつだ。そういう性格なのだと思っていたが、もしかしたら、佐治の下にいたからそうなってしまったのかもしれない。

だとしたら、矢口もそういう刑事になってしまう恐れがある。

安積が黙っているので、佐治が言った。

「情報というのは何なんだ？」

「吉田係長から、貴重な意見を聞かせてもらいました」

「海難救助に関してはプロかもしれないが、殺人の捜査に慣れているわけじゃないだろう。そんなやつから、どんな意見が聞けるというんだ？」

吉田は虫が好かないと言っていたが、それも理解できる。やはり、捜査一課はエリート意識が鼻につく。佐治は、その代表のようなやつだ。

自分たちは殺人捜査のエキスパートだから、他部署や所轄の意見など必要ないと考えているのだろう。最近の捜査一課は、そういう傾向が強まったように感じる。

安積が若い頃には、もっと味のある刑事がたくさんいたように思える。

「殺人は、船の上で起きたと見られています。海や船のことをよく知っておくことが大切だと思います」

「どこで起きても、殺しは殺しだ」

相手が、聞く耳を持たないとしても、話しておくべきだ。佐治と情報を共有しようとした事実は、後に何かの役に立つかもしれない。安積はそう判断した。

「ポエニクス号は、一昨日、つまり嵐の前に出航しています。これについてはどう思います？」

「いつ出航したって、不思議はないだろう」

「船乗りは、常に気象情報をチェックしているそうです。台風が近づいて海が荒れつつあることを、船主の加賀洋は知っていたはずです。マリーナの従業員も、出航を見合わせるように言ったと思います」

「それは、確認したわけじゃないだろう。あんたは、マリーナに行っていないんだからな」

厭味《いやみ》は無視することにした。そんなことに関わっている場合ではない。

「そんな状況で、出航しなくてはならない何かの事情があったと考えるべきだと思います」

「どんな事情だ？」

「それはわかりません」

そうこたえてから、安積はふと思いついた。

「これは憶測に過ぎませんが、もしかしたら、加賀洋は、誰かに無理やり出航させられたのかもしれません」

「憶測など意味がない。重要なのは事実なんだよ」

「ポエニクス号は、発見されたとき、燃料タンクが空でした。吉田係長によると、嵐の中を航行するときは、エンジンを噴かしている必要があるそうです。エンジンが停止すると、転覆する恐れがあるんだそうです」

「だから何だというんだ？」

「殺人が起きたのは、遺体が発見される五時間ないし七時間前でした。つまり、嵐の真っ最中です。その段階で、推力がなくなったら、船は転覆していたかもしれないのです」

佐治は、苛立《いらだ》った様子で言った。

「だから何だ？　実際には船は転覆していなかった。だから遺体が発見された。それだけのことだろう」

「加賀洋が殺害された後も、誰かが操舵を続けたということだと思います。だから、船は無事だった。燃料が尽きたことも、嵐の間中誰かがエンジンを噴かし続けていたと考えれば納得がいきます」

佐治の目つきが変わった。ようやく話の重要性に気づいたようだ。

「殺害した後、操舵し続けたやつがいる……？　つまり、犯人が船を操縦していたということか？」

「そう考えれば、辻褄《つじつま》が合うと思います。嵐の中、船を守ることは、すなわち自分自身を守ることだったのでしょう。吉田係長によると、あの嵐の中で船をうまく操るのは、よほど操舵に慣れた人物だろうということです」

「あんたの憶測の話に戻るが……」

佐治は、そう前置きして言った。「誰かが、無理やり出航させた可能性があるということだな？」

「もし、そうだとしたら、可能性は二つ。顔見知りだったか、脅迫されていたか……」

「あるいは、その両方だったかもしれない」

安積はうなずいた。

「それはあり得ますね」

佐治が言った。

「その話、管理官は知っているのか?」

「まだ話していません」

「わかった。管理官には、俺が話しておく」

安積は、再びうなずき、佐治のもとを去った。さて、今夜は、仮眠所に引きあげようか。

そんなことを考えていると、さきほどまで佐治と安積の話をずっと聞いていた矢口が近づいてきた。

「すいません」

安積は尋ねた。

「何の話だ?」

「自分のために、佐治係長から叱られることになってしまって……」

「叱られたわけじゃない。彼は俺の上司じゃないからな。彼は自分の意見を俺に言っただけだ」

「自分は、一人でもちゃんと聞き込みができましたよね。それを認めていただきたいと思いまして」

その言葉に、少しばかり違和感を覚えたが、安積は言った。

「ああ、俺の分をカバーしてくれたと思う。明日は、もう一度マリーナに行ってみよう」

とたんに、矢口の表情が変わった。不満げな顔で彼は言った。

「自分の聞き込みでは、不足だということですか？」

安積は、その反応に驚いた。

「そうじゃない。さらに聞きたいことが出てきたので、行ってみようと思うだけだ。聞き込みが一度で終わるわけじゃない」

「さらに聞きたいことって、何ですか？　自分が聞いてきた情報で充分じゃないですか」

こいつは、何にこだわっているのだろう。そんな疑問を抱きながら、安積は辛抱強く言った。

「佐治係長と俺の話を聞いていただろう？　加賀洋が出航したときの状況を、もっと詳しく知りたいんだ。普段、付き合っていた船乗りたちのことも知りたい」

「誰かが、無理やり出航させたかもしれないという話ですよね。でも、安積係長が言われたとおり、それはあくまで憶測でしょう。そういう事実があれば、自分が聞き込みに行ったときに、誰かが話してくれたはずです」

安積は、矢口の思わぬ抵抗に戸惑っていた。初対面のときは、愛想がよかった。いや、今も礼儀正しいことには変わりはない。

だが、頑として自分の言い分を曲げようとしないのだ。

「通り一遍の聞き込みではわからないこともあるんだ」

「自分の聞き込みが通り一遍だったということですか？　安積係長の気を[illegible]たと、認めていただけましたよね？」

おそらく、こいつは所轄で揉《も》まれたことが、あまりないのだろう。桜井と同じくらいの年齢だ。それで、警視庁捜査一課にいるのだから、これまでの経歴はだいたい想像がつく。大学卒で、所轄の地域課で形ばかりの修行をして、すぐに刑事畑に進み、本部に吸い上げられたに違いない。

捜査一課のエリート意識は鼻持ちならないが、実力と実績のある捜査員ならばそれもある程度は納得できる。若くて実績もないくせに、エリート意識だけが一人前という連中は始末に悪い。

「聞き込みの結果を持ち寄り、それを共有することで、新たな事実が判明したり、疑問が生じることがある。それを確認するための聞き込みが、また必要になる」

矢口は、しばらく考えていた。やがて、彼は言った。

「それは理解しているつもりです。では、安積係長は、マリーナの聞き込みでホンボシが浮上する可能性があるとお考えなのですか？」

どうこたえていいかわからなかった。

「可能性はある」

「自分が聞き込みに行ったときには、そういう手ごたえがありませんでした。もし、安積係長が行かれて、何か大きな成果が得られるのだとしたら、自分はぜひこの眼でそれを拝見したいと思います」

言葉は丁寧だが、言っていることは挑戦的だ。まるで相楽のようだと、安積は思った。自分と安積のどちらが正しいのか勝負がしたい。彼は暗にそう言っているのだ。

安積はすっかりあきれてしまった。

佐治、相楽、それに矢口……。本部捜査一課は、いつからこんな刑事ばかりになってしまったのだろう。

自分の仕事に自信を持つのはいいことだ。だが、自信過剰はいけない。ましてや、矢口の年齢では、たいした実績があるとは思えない。実績の裏付けのない自信など、何の意味もない。

佐治は、いったいどういう教育をしているのだろう。

そういえば、池谷管理官が言っていた。

「君は、指導的立場にあるんだ。若手の矢口の手本になってもらわねばならない」と。

その言葉の意味が、意外に大きかったことを、今になって気づいた。

あのとき、矢口の言いなりになってはいけなかったのだ。あれは、捜査のやり方としての失敗だっただけではなく、教育的な意味でも失敗だったということだ。

だが、今さらそんなことを考えても仕方がない。これから、なんとか軌道修正していかなければならない。

「二人で聞き込みをすれば、一人が気づかないことを、もう一人が補うことができる。とのために、捜査員は二人一組で仕事をするんだ。君が聞き漏らしたことを、に、私が気づかないことを、君が補う。そういうことだ」

「わかりました」

矢口は、ようやく納得したようだ。いや、納得はしていないかもしれない。彼は、妥協したのだ。それが、表情から読み取れた。

「じゃあ、明日は、朝の捜査会議が終わり次第、マリーナに出かける」

「了解です」

矢口は、また佐治のそばに戻って行った。捜査本部では、組んだ相棒といっしょにいるものだ。矢口と佐治は、そういう習慣の枠外にいるのかもしれない。

佐治や矢口と話をして、疲れ果てた気分だった。

時計を見ると十時を過ぎていた。寝るにはまだ早い。安積班の連中のほとんどは、捜査本部から姿を消していた。

須田が座って、宙を見つめていた。疲れたときは、須田と話をしたくなる。

歩み寄って声をかけた。

「何か考えているのか？」

須田は、びっくりした顔で安積を見た。いつもながら、戯画化された行動に見える。

「あ、係長。いや、別に何も考えていませんよ。ぼうっとしていただけです」

須田がぼうっとしているなどということはあり得ない。

太りすぎで、行動が鈍いので、須田をよく知らない者には、そのように見えるかもしれない。

そして、彼は、自分が他人にそう見られていることも、充分に自覚しているのだ。須田らしいのは、彼がそこで無理をしないということだ。

他人によく見られようなどとは思わないのだ。無理は続かない。それならば、自分なりのやり方を確立するほうがいい。おそらく、ある時期に、須田はそう考えたのだろう。

彼の行動のかなりの部分が演技のように見えるのはそのせいかもしれない。演技をしているほうが、彼は楽なのだろう。

そして、彼は、誰よりも物事を深く考えている。思考がフル回転を始めたとき、彼は眠そうな半眼になる。

安積は、吉田係長と話し合ったことを、須田に伝えてみようと思った。

「さっき、吉田船長とちょっと話をしたんだが……」

須田は、とたんに真剣な表情になる。友達と秘密を共有しようというときの小学生のような表情だ。

安積は、佐治に伝えたのと同じことを、須田に話した。須田は、じっと耳を傾けていた。

話の最後に、安積は言った。

「おまえ、こう言っただろう。犯人は、どこから来て、どこへ行ったのだろうって……。その謎が解けるかもしれない」

「俺、そんなこと言いましたっけ？」

「村雨と話をしているときだ。つまり、犯人は、出航するときに、被害者の加賀洋といっしょにポエニクス号に乗っていた可能性が高い。犯行後、嵐を乗りきるために、操舵を続けた。そして、嵐が収まってから、どこかに姿を消したんだ」

「なるほど……」

須田が考え込んだ。「ずっと被害者といっしょだったということですね」

「だとしたら、顔見知りの可能性が高い。佐治係長は、脅迫されていた可能性もあると言っていたが……」

「顔見知りで、船の操縦に慣れている人……。犯人像が絞られますね」

「そう期待している。佐治係長が、この話を管理官に伝えてくれるはずだから、管理官が納得すれば、捜査はその方向で進むだろう」

「佐治係長は、矢口に手を焼いているようですね」

須田が何気ない調子で言った。安積は、その一言に驚いていた。

「手を焼いている？　どうしてそう思うんだ？」

聞き返されて、須田は少しうろたえた。これも、いつものことだ。

「あ、そうじゃないんですか？　いえ、見ていてそう思ったもんで……。すいません、余計なことを言ったかもしれません……」

「俺には、二人はうまくやっているように見えるがな……。矢口は、いつも佐治に張り付いているし……」

「たぶん、そばにいろと、佐治係長が言ったんじゃないですか。手の届くところに置いていないと、心配なのかもしれませんよ」

そんなことは考えもしなかった。

だが、須田が言うのだから、間違いないだろう。だとしたら、矢口が真っ先に佐治に報告することも、捜査本部内で二人がいつもいっしょにいることも、今まで思っていたのとは違った意味に見えてくる。

そんなことを考えていると、携帯電話が振動した。榊原課長からだった。

「はい、安積です」

「係長、今、こっちに来られるか?」

「どうしました?」

「速水が、おまえさんに会いたいと言っている」

安積は驚いた。

「どういう状況なんです?」

「相変わらず軟禁状態だ。捜査一課の連中も手を焼いている。速水もいい加減うんざりしたんだろう。おまえさんとなら、話をすると言い出したそうだ」

「わかりました。ただ、一つお願いがあります」

「何だ?」

「こちらの捜査本部の池谷管理官に状況を説明してもらえますか?」

「管理官に……? そうか、昼間捜査を抜けだして、こっちに来たことを叱責されたと言っていたな。わかった。電話を代わってくれ」

安積は、管理官席に近づいて、池谷管理官に言った。

「臨海署の榊原刑事課長から、ご相談したいことがあるそうです」

池谷管理官は、安積が差し出した携帯電話を受け取った。二言三言のやり取りがあり、管理官は安積に電話を返した。そして言った。

「事情はわかった。行ってこい。だが、明朝の捜査会議には、必ず出席するんだ」

「了解しました」

安積は、すぐに出かけることにした。須田がそばに来て言った。

「速水さんの件ですか?」

「察しがいいな。俺に会いたがっているようだ。行ってくる」

「俺もいっしょに行っていいですか?」

一瞬考えた。そして、言った。

「いっしょに来い」

安積は、臨海署に急いだ。

7

速水は、臨海署の取調室にいた。安積が入って行くと、彼は不機嫌そうにうなずきかけてきた。

捜査一課の刑事が同席しようとしたが、速水が一言だけ言った。

「話が違うな」

その刑事は、速水を見据えた。速水は無言で見返していた。こいつは、本気で腹を立てている。安積にはそれがわかった。

安積がその刑事に言った。

「速水が俺と話をしたがっていると聞いてやってきたんだが……」

彼は、今度は安積を睨んだ。安積も、そいつを見返してやった。刑事は、しばらく悔しそうにたたずんでいたが、やがて取調室を出て行った。捨て台詞《ぜりふ》を吐きそうな勢いだったが、さすがに何も言わなかった。

ドアが閉まると、安積は机を挟んで速水の向かい側に座った。

「どういうことなんだ?」

安積が尋ねると、速水はさらに不機嫌そうになって言った。

「知るか」

「知らないはずはないだろう。台風の真っ最中に開かれたパーティーに、おまえは出席していた。そこで、殺人が起きた。毒物が検出されたグラスに、おまえの指紋がついていた」

「俺が人を毒殺すると思うか？」

「毒殺なんてまどろっこしいことはしないだろうな」

「殺しなんてやらないと言ってるんだ」

「だが、現場におまえがいたことは確かなんだ。事件と何か関係があるのか？」

「ない」

「だったら、取り調べを担当した捜査員に、ありのままを話せばいい」

「捜査一課のやつらは、最初から俺を被疑者扱いだ。そんなやつらに話す義理はない」

「おい、おまえは警察官なんだ。捜査に協力すべき立場だ。相手が気に入らなかろうが何だろうが、本当のことを話すべきだ」

「話す相手を選んだ。そのほうが早道だと思った」

「俺は、この件を担当しているわけじゃない。他にやることがあるんだ」

速水のせいで管理官や佐治にいろいろと言われたのだが、それは伝えないでおくことにした。そんなことを話したら、速水が何を言い出すかわからない。

「信じてくれないやつにしゃべっても、時間の無駄だ」

「時間の無駄だって？」

安積は、あきれて言った。「おまえは、すでに十一時間も拘束されているんだぞ。それが時間の無駄でなくて、何だというんだ」

「捜査一課のやったことだ。俺が時間を無駄にしたわけじゃない」

「俺は、また捜査本部に戻らなければならない。廊下で須田も待っている。話したいことがあるなら、さっさと話せ」

「須田が廊下で待ってるだって？」

「ああ。いっしょに来たいというから連れてきた」

「なんだ、中に入れりゃいいじゃないか」

「俺と話をしたいんじゃなかったのか？」

「話がわかるやつと話したかったんだ。須田はあてにできるかもしれない」

「あてにできる？　妙な言い方だな」

「だから、まったく訳がわからないんだと言ってるだろう」

「知るか、と言ったのは、そういう意味か？」

「正直なところ、俺自身にも何が起きているかわからないんだ。捜査一課のやつらにそんなことを言っても、しらばっくれていると思われるだけだ」

たしかに速水の言うとおりかもしれない。刑事は、最初から人を疑ってかかる。安積もそうだ。それが仕事なのだ。

「須田を呼んでくる」

立ち上がり、取調室の引き戸を開けた。須田が振り向いた。その向こうに二人の刑事がいた。彼らも、安積のほうを見ていた。捜査一課の刑事だ。胸に「S1S」のバッジを付けている。その一人は、取調室の中にいたやつだった。

須田の表情を見て、廊下でどんな会話をしていたのかがわかった。捜査一課の刑事たちは、須田を詰問していたのだろう。もっと露骨な言い方をすれば、嫌がらせをしていたのだ。

安積は、須田に尋ねた。

「何かあったのか？」

須田は、うろたえた様子で言った。

「いえね……。ちょっと、訊きたいことがあると言われましてね……」

捜査一課の刑事の一人が言った。

「どうして、安積係長が指名されたのか、うかがっておきたいと思いましてね」

「そんなことを、私の部下に訊く必要はないだろう」

「速水と同期だそうですね。何か、速水について、ご存じなんじゃないですか？」

「速水のことは、いろいろ知っている」

「そうじゃなくて、今回の事件に関してですよ」

「何も知らない。速水もそう言っている」

「そうですか……」

「呼び捨てはよくないな」

「何です？」

「どう見ても速水はあんたらの先輩だろう。先輩を呼び捨てにするのはどうかと思う。被疑者じゃないんだ」

二人は、鼻白んだように顔を見合わせた。

安積は須田に言った。

「入ってくれ。速水がおまえにも話を聞いてほしいと言っている」

須田が驚いた顔をした。

「俺にもですか……」

捜査一課の二人が何か言おうとした。それを無視して、安積は取調室に引っ込んだ。すぐに須田が入って来て、戸を閉めた。

速水が須田に声をかける。

「よう、しけた顔してるじゃないか」

須田は、何も言わない。何を言っていいかわからないのだろう。安積が元の席に腰を下ろすと、須田がその隣に座った。

安積は速水に言った。

「あのパーティーに行っていたのは事実なんだな？」

「行った」

「芸能人や有名スポーツ選手、青年実業家など、特別な連中が集まるパーティーだと聞いた。そんなパーティーに、どうしておまえが参加できたんだ？」

「招待状をもらったんだ」

「招待状？　誰から？」

「新藤秀夫《しんどうひでお》というやつだ。都内の暴走族の親衛隊長をやっていた。暴走族が解散してから、しばらくぶらぶらしていたが、二年ほど前にやっと就職できたと言ってきた」

安積は、眉をひそめた。

「シンドウヒデオ……。どういう字を書くんだ？」

「新しいに、藤原の藤。優秀の秀に夫だ」

須田がすぐにメモした。

「年齢は？」

「たしか二十九歳だったと思う」

「元暴走族の若い男から、有名人たちのパーティーの招待状をもらったというのか？」

「そうだ」

安積は、ちらりと須田の顔を見た。須田も不思議そうな顔をしている。

安積はさらに、速水に尋ねた。

「どうして新藤に、そんなことができたんだ?」

「そんなこと?」

「おまえに招待状をくれたことだ」

「社長のコネだと言っていた。新藤は、運転の腕と性格を認められて、まず社長の運転手に雇われたんだそうだ」

「性格……?」

「一本気なやつでな。元親衛隊長だけあって、礼儀正しい」

速水は、暴走族に対しては容赦ない。その世界では、ちょっとした有名人だ。だが、更生しようとする元暴走族の面倒見のよさも半端ではない。

いまだに独身で、もちろん子供もいない。もしかしたら、家族に注ぐエネルギーをそのまま更生しようとする若者たちに注いでいるのかもしれない。

「運転手がセレブのパーティーに出席できるのか?」

「始まりは運転手だった。だが、よく気が利くし、度胸も忠誠心もある。それで、瞬く間に出世して、今では秘書をやっているというんだ」

「社長秘書か?」

「何人かいる秘書の一人らしい」

「何の会社なんだ?」

「詳しいことは知らない。ネットゲームか何かを作っている会社だと言ってたが、そういうことはよくわからん」

安積も同様だった。だが、須田なら詳しいに違いない。

「ＩＴ関係ということか？」

「まあ、そうだな」

まさかと思いながら尋ねた。

「何という会社だ？」

「たしか『オフィスガニメデ』という会社だ。小さな会社だけど、急成長していて、金回りはいいということだった」

まあ、こんなものだと、安積は思った。ＩＴ関連というので、もしかしたら『サイバーセサミ』社ではないかと考えたのだが、世の中そんなに単純ではないだろう。

「その社長はパーティーに来てたのか？」

「知らないよ。俺は、新藤と話をしたが、社長を紹介されたりはしなかったからな」

「他に誰と話をした？」

速水は、有名なプロ野球の選手やプロゴルファー、若手女優などの名前を挙げた。須田が目を丸くするのが、顔を見なくてもわかった。

安積は、須田に言った。

「メモを取っておけよ」

須田が慌てた様子でこたえた。

「もちろんですよ、係長。ちゃんとメモしています」

著名人だからといって、事件の関係者から除外されるわけではない。

安積は、質問を続けた。

「おまえは、被害者と知り合いだったのか？」

「まさか。だいたい、俺はまだ、被害者の名前も素性も知らないんだ」

なるほど、捜査一課の連中は本当に速水を被疑者扱いしていたようだ。ただの事情聴取なら、被害者の素性くらい教えてもよさそうなものだ。

速水は嘘《うそ》は言っていないはずだ。わざわざ安積を呼びつけておいて、嘘や隠し事をするとは思えない。

安積もこちらの件の被害者については詳しくは知らないので、教えたくても教えられない。

「毒物が検出されたグラスに、おまえの指紋が付着していたことについて、おまえはどう思う？」

「だから、訳がわからないんだ」

「警察官の中で、おまえが一番現場の状況をよく知ってるんだ」

「暴風雨の中を、あのクラブに駆けつけた。クラブは貸し切りだった。パーティーは、ＶＩＰルームを中心にして催された。ダンスフロアで踊るやつもいたけど、たいていはＶＩＰルームで飲んでいた。そんなに広くはないスペースだ。誰かのグラスに触っていてもおかしくはない。つまり、グラスには、不特定多数の指紋がついており、俺の指紋が含まれていたから、ヒットしただけなんじゃないのか？」

　安積は考えた。

「指紋がどのくらい検出されたか、などの詳しいことは聞いていないんだ。もしかしたら、おまえの言うとおりなのかもしれない。だが、パーティーで他人のグラスに触れるというのは、どういうシチュエーションだ？」

　速水は、肩をすくめた。

「わかるもんか。だが、何かの拍子に触っちまうことはあるだろう。手渡しするとか、空になったグラスが邪魔なので、脇《わき》によけるとか……」

　安積は、想像してみた。まあ、そういうこともあるだろう。

「特に思い当たることはないんだな？」

「パーティーの間、どんなグラスに触ったかなんて、いちいち覚えているか？」

「パーティー自体、あまり経験がないのでわからない」

「今度また同じようなパーティーがあったら、おまえの分の招待状ももらっておいてやるよ」

「俺は興味ない」

　速水は、須田を見た。

「須田は興味がありそうだ」

須田は、またうろたえた。

「いや、俺は別に……」

一度否定してから言い直した。「えーと、そうですね……。正直言うと興味がありますね」

「須田のほうが正直だ」

「無駄口を叩《たた》いているときじゃない。何か思い出せることはないのか？」

「俺は、不特定多数の中の一人だったと思っている。もし、そうでないとしたら……」

「そうでないとしたら？」

「俺は、はめられたのかもしれない」

安積は、眉をひそめた。

「誰に……？」

「さあな。だが、これだけは言える」

「何だ？」

「俺を罠《わな》にかけるなんて、たいした度胸だ」

「拘束されていて言う台詞じゃないな」

「俺は、知っていることは全部しゃべった。おまえが何とかしてくれると思っているんだがな」

「おい、俺にそんな権限があるはずはないだろう。とにかく、こんなに長く拘束されることになったのは、おまえが捜査一課の連中に協力しないからだ」

「おまえが今の俺だとしたら、あんなやつらに協力したいと思うか？」

「子供じゃないんだ。警察官は、まず事件のことを第一に考えるべきだ」

「だから、おまえを呼んでもらったんだ」

「おまえから聞いた話を、課長に報告してみるよ」

「頼りない言いぐさだな」

「今はそれしか言えない」

速水は、須田を見て尋ねた。

「何か、ぴんときたりしないか？」

須田が、また目を丸くする。

「え……？　ぴんとですか？」

「俺は、まったく訳がわからないんだが、おまえなら、俺の話を聞いて何かひらめくことがあるんじゃないかと思ってな……」

「そんな……」

須田は困り果てた様子で言った。「俺は、別に名探偵でも何でもないし……」

「無茶言うな」

安積は言った。「雲をつかむような話だぞ」

「そうかもしれない」

速水が言った。「だが、おれにはそれしかわからないんだ」

取調室を出ると、捜査一課の二人組がまだいた。

片方が安積を見て尋ねた。

「何かしゃべりましたか?」

「被疑者じゃないんだ。そんな言い方をすることはない」

「我々には、何も話そうとしませんでした。何か隠しているということでしょう?」

「課長に報告しようと思う。何か知りたいのなら、榊原課長から聞いてくれ」

もう一人の捜査員が言った。

「ここで我々に話せばいいんです」

言葉自体はそうでもないが、明らかに命令口調だった。

なるほど、速水が言うこともわかる。

安積は思った。

相楽や佐治は、嫌なやつだと思っていた。だが、彼らが特別なわけではないようだ。捜査一課の殺人係は、いつの間にかこんな連中ばかりになってしまったのかもしれない。

エリート意識が鼻につく。その象徴は、胸の赤い「S1S」バッジだ。「Search 1 select」の略で、「選ばれた捜査一課員」という意味だそうだ。

こんなバッジをつけているのは、日本中の警察官の中で警視庁捜査一課員だけだ。まるで、自分たちだけが優秀な捜査員だと思っているようだ。

　速水には、「子供じゃないんだ」などと言ったが、たしかに彼らには、意地でも話したくなくなる。

「速水は何も知らないと言っている。いくら一般市民じゃないからといって、こんなに長く拘束していると人権問題になる」

「人権問題……」

　一人が鼻で笑った。もう一人が言った。

「あんた、弁護士ですか？　吐かせるためには、一晩中尋問することだって、珍しくはないでしょう？」

「場合による」

　二人は苦笑した。私は直属の上司である臨海署の刑事課長に報告する。それが筋だ」

　安積は言った。

「とにかく、私は直属の上司である臨海署の刑事課長に報告する。それが筋だ」

「時間の無駄です。我々に報告すればいい」

「私は、そちらの捜査本部のメンバーではない」

　安積は、彼らに背を向けて四階の講堂に向かった。須田が、黙ってついてきた。

　二人から充分に離れたところで、須田にそっと尋ねた。

「俺は、大人げなかったと思うか？」

「いえ」

須田は、うれしそうに言った。「係長は、筋を通しただけだと思いますよ」

8

榊原課長は、安積から話を聞くと、渋い顔で言った。

「訳がわからない……。速水が言ったのは、それだけなのか？」

「指紋に関しては、不特定多数のうちの一人なんじゃないかと言ってました」

「そうじゃない」

「そうじゃない？」

「問題のグラスからは、被害者と速水だけの指紋が出たんだ」

安積と須田は、思わず顔を見合わせていた。安積は榊原課長に尋ねた。

「だとしたら、はめられたのかもしれないと、速水は言っていました」

「誰にはめられたというんだ？」

「それはわかりません」

「とにかく、指紋は動かぬ証拠というやつだ。捜査一課の連中は、当分速水を解放しそうにないぞ」

「妙ですね……」

須田が言った。半眼で仏像のような顔だ。彼が本気で何かを考えるときの表情だった。

榊原課長が尋ねた。

「何が妙なんだ？」

「グラスには、被害者と速水さんの指紋しかなかったんですよね？」

課長はうなずいた。

「そうだ」

「普通なら、バーテンダーとか飲み物を用意する人の指紋が、当然着きますよね」

「だから、普通のグラスじゃなかったんだ。毒が入っていたんだぞ」

「どの段階で飲み物に毒物を混入したかが問題ですが、二人の指紋だけが付着していたというのは、やはり不自然です」

「犯人は自分の指紋が残らないように注意したんじゃないのか？　手袋を付けていたとか、さりげなくハンカチを使うとか……。あるいは……」

「あるいは？」

「速水が犯人かもしれない」

須田は、びっくりした顔になった。

「速水さんは警察官ですよ」

「それがどうした？」

「もし犯人だとしたら、グラスに自分の指紋が残るようなことをすると思いますか？」

榊原課長が苛立った様子で言った。

「だから、そんなことはあり得ないと、私だって思っているんだよ」

「そう」

須田がさらに言う。「本来なら、グラスには被害者だけの指紋が残るはずです。あるいは、速水さんが言ったように、いろいろな人の指紋が残っていなければおかしいんです。被害者と速水さんの指紋だけが残っていたということは、つまりは速水さんが言うとおりに、はめられた可能性が高いということだと思います」

「そう」

安積は言った。「ちゃんと考えれば、小学生にだってわかりそうなことです」

榊原課長が言った。

安積は言った。

「ところが、エリートの皆さんには、それがわからないらしい」

「速水を被疑者扱いするより、捜査に協力してもらったほうが、ずっと合理的だと思いませんか？」

「私は、そう思ってるよ」

「速水は敵に回すべきじゃありません」

榊原課長が考え込んだ。いつものことだが、苦労が顔に出る。

やがて、課長が言った。

「管理官に話してみる。なんとか、今夜中には速水を解放したい」

「お願いします。私は、別館のほうに戻りますので」

「あっちはどうなんだ？」

「難航するかもしれません。嵐の海で起きた殺人ですからね。詳しい状況すらつかめていません」

榊原課長がうなずいた。顔色が悪い。ストレスに苛《さいな》まれているのだ。これから、管理官に難しい交渉をしに行くのだから、顔色も悪くなって当然だと安積は思った。

だが、やってもらわなければ困る。これで、速水が解放されたら、あいつは、俺に借りができたと思うかもしれない。安積は、そんなことを思いながら、須田とともに、臨海署をあとにした。


別館の捜査本部に戻ると、村雨、黒木、桜井、水野の四人が、安積と須田を待っていた。すでに深夜とあって、捜査本部内は人もまばらだ。佐治と矢口の姿もない。

村雨が安積に尋ねた。

「速水さんに会いに行かれたそうですね？」

「誰から聞いたんだ？」

「あ、すいません」

須田が言った。「俺、廊下で待っているときに、とりあえず一報入れておこうと思いまして……」

「村雨に電話したのか」

「ええ……。余計なことでしたか？」

「まあ、いい」

安積は、みんなに説明することにした。彼らも速水とは、臨海署がベイエリア分署と呼ばれていた時代からの付き合いだ。「速水は、捜査一課捜査員の事情聴取に対して、ダンマリを決め込んでいたようだ」

村雨が眉をひそめる。

「ただの事情聴取じゃないんですか？」

「速水に言わせると、最初から被疑者扱いで、頭に来たということだ。あいつが事情聴取を受けはじめたのは、昼頃のことだ。まだ解放されていない」

「なぜ話をしないんです？　何か隠しているんですか？」

「どういうことなのか、本人にもわかっていない。だが、捜査一課の連中はそんな話を信じようとはしないだろう。信じないやつらに話をするのは時間の無駄だ。速水は、そう言っていた」

「本人にもわかっていない……？」

「被害者は毒殺された。毒物が入っていたグラスに、被害者と速水の指紋が付着していた。いつ、どういう状況でグラスに指紋が着いたのか、わからないと言っていた」

「被害者と、速水さんの指紋が、ですか？」

村雨が思案顔になった。すかさず、須田が言った。

「ね、おかしいだろう」

村雨がうなずく。

「二人だけの指紋というのは、不自然だな」

さすがに村雨だ。すぐに、それに気づいた。いや、普通の捜査感覚があれば、気がついて当然だ。

須田が言う。

「捜査一課の連中は、指紋が速水さんにヒットしたので、鬼の首を取ったように思ってるんだ」

安積は言った。

「はめられたのかもしれないと、速水は言っていた」

村雨が再びうなずいた。

「その可能性はありますね。第一、どうして速水さんは、あのパーティーに出席していたんですか？」

安積は、新藤秀夫のことをかいつまんで説明した。

「その人物が怪しいですね」

村雨が言った。なるほど、村雨らしい意見だ。いや、刑事らしい意見と言うべきか。速水はそうは思っていないだろう。まちがいなくあいつは、新藤のことを評価している。

安積も、本来ならば村雨のように、新藤を疑ってかかるべきだ。だが、その気になれなかった。

もしかしたら、村雨が言ったので反感を覚えているのではないか。同じことを、須田が言ったらどう思うだろう。

そこまで考えて、結論を出すのをやめた。

まだ判断材料が乏しい。誰かを疑うという段階ではない。しかも、安積が担当している事案ですらないのだ。

「あとのことは、課長に頼んできた」

安積は言った。「今夜中には、速水を解放してくれるように、管理官に話をすると言っていた」

村雨が疑わしげな表情で言った。

「他に被疑者がいないのでしょう？　捜査一課が速水さんを放免にしますかね？」

安積が人権問題になると言ったときの、捜査一課の二人組の笑い顔を思い出した。

「俺たちがあれこれ考えても仕方がない」

安積は言った。「あとは、課長と管理官に任せるしかないんだ。俺たちは、こっちの事案に集中しなければならない」

安積は、その言葉で話を終わりにするつもりだった。

そのとき、水野が言った。

「少なくとも、速水さんがそのグラスに触れたとき、グラスに水滴がついていなかったということですよね」

男たちは、水野に注目した。須田が尋ねる。

「水滴がどうかしたのか？」

「飲み物に氷が入っていたりすると、空気中の水分が凝結してグラスに水滴がつくでしょう？　グラスが濡《ぬ》れていると、指紋が着かないはずです」

水野は、元鑑識係員だ。安積は、彼女の言葉に興味を覚えた。

「濡れたグラスには、指紋が着かない？」

「指紋というのは、ケラチンというタンパク質の一種と皮脂です。一度付着してしまえば、水に濡れたくらいでは落ちませんが、水滴がつくほど濡れているグラスなんかだと、とても付着しにくいんです」

須田が考え込んだ。

「パーティーが開かれたのは、クラブのＶＩＰルームだと言ってましたね。だとしたら、飲み物はバーカウンターから出されていたのでしょう。飲み物を作ってすぐなら、まだグラスの外側に水滴はついていなかったと考えていいでしょうね」

水野が言う。

「その時点で、速水さんがグラスに触れたとしたら、はっきりと指紋が残るでしょうね」

村雨が二人の話を受けて言った。

「だとしたら、速水さんが、カウンターから飲み物を取ってきて被害者に渡したことになる」

たしかに、指紋のことだけを考えればそういうことになるかもしれない。村雨は、冷静に可能性について語っただけだ。それは、理解している。にもかかわらず、速水にとって不利な発言だったので、安積はおもしろくなかった。

村雨がさらに言った。

「問題は、どの段階で毒物が混入したかですね。被害者を確実に狙《ねら》うとしたら、飲み物が被害者に渡ってから毒物を入れるでしょう」

それを聞いて、村雨に対して反論しなくてよかったと思った。やはり、村雨は優秀な刑事だ。

安積は部下たちに言った。

「とにかく、この件は向こうの捜査本部に任せるしかない。俺たちがとやかく言っても仕方がないんだ」

村雨が、安積の意図をくみ取ったように言った。

「捜査が大詰めになったら、また不眠不休ということもあります。休めるうちに休んでおくことにします」

「そうしてくれ」

それで解散となった。

安積は一人になり、長机に向かって腰を下ろして、今部下たちが言っていたことについて考えていた。

やはり頼りになる部下たちだ。捜査一課の連中も、同様のことを考えているのかもしれない。なにせ、エリートの集まりだ。所轄の刑事が考える程度のことは、すでに検討済みだと思いたい。

だが、どうも彼らを見ていると不安になってくる。昔は、捜査一課にも味のある刑事がいた。だが、だんだんと組織が大きくなり、さらに細分化されていった。

昔、刑事は探偵と呼ばれた。安積も知らない時代のことだが、主任に当たる巡査部長を、探偵長と呼んでいたこともあるそうだ。

今の捜査一課の捜査員たちは、探偵というよりも兵隊だと、安積は感じていた。個性を打ち消し、指揮官の方針に盲従する。

犯罪は複雑化していく。地域社会の崩壊とネットや携帯電話、スマートフォンなどの通信の多様化とスピードアップがそれに拍車をかける。

そういう時代にあって、探偵的な刑事のあり方はもう古いのかもしれない。だが、それで本当に犯罪者と対峙《たいじ》できるのだろうか。

社会のゆがみが犯罪を生み出すという人もいるが、突き詰めていけば、やはり人が罪を犯すのだ。

俺は古いのだろう。安積は、そう思った。だが、古いタイプの刑事がいなくなったら、捜査は味気ないものになり、警察そのものがもっと殺伐とした組織になるような気がした。

携帯電話が振動した。榊原課長からだった。

「速水は解放されたよ」

安積は、ほっとした。榊原課長が苦労をしてくれたおかげだと思った。

「それを聞いて安心しました」

「だがな……」

課長の声は晴れない。「監視がつくそうだ」

「監視？」

「泳がせるということらしい」

無駄なことを……。安積は、心の中でつぶやいた。

「それを速水本人は知っているのですか？」

「知らせるはずがないだろう。だが、速水のことだから、すぐに気づくだろうな」

「まあ、ともあれ、拘束を解かれたのはよかったと思います」

「だといいがな……」

榊原課長は溜《た》め息《いき》をついた。「俺は、手負いの獣が放たれたような気がする」

いくらなんでも、それは言い過ぎだろうと、安積は思った。

翌日は、矢口とともに、もう一度マリーナを訪ねてみることにした。捜査会議が終わると、安積は矢口に言った。

「すぐに出かけられるな？」

「はい」

今のところは素直だ。

吉田係長や須田と話をして、犯人は被害者の顔見知りの可能性が高いということがわかってきた。さらに、おそらくは操舵にかなり慣れている人物だ。

マリーナを出るときに、被害者といっしょにポエニクス号に乗っていた可能性もある。

――というより、いっしょに乗っていなければ、この殺人は不可能だったように思える。

その点を確認したかった。何とか手がかりを得たい。

マリーナに到着すると、矢口が言った。

「手分けして聞き込みをしたほうが効率的ですよね」

安積は驚いた。

「捜査員は、二人一組で行動するのが原則だ」

「昨日は、自分一人に任せてくれたじゃないですか」

「それは間違いだった。今日は、二人で聞き込みをする」

「自分を信用していただけないのですか？」

昨日の話の蒸し返しになりそうだ。安積は、辛抱強く言った。

「そういうことじゃないと、昨日も説明しただろう」

「捜査員はお互いに補わなければならない。そういうことでしたよね？」

「そうだ」

「しかし、手分けをすれば、倍の仕事ができます。それも補い合うということではないですか？」

安積は、説得するのが面倒になってきた。だが、ここで矢口を放り出すわけにはいかない。昨日の失敗を繰り返してはならないのだ。

「俺だって、大切なことを聞き漏らすことがあるかもしれない。俺が気がつかないことに、君が気がつくかもしれない。そういうことなんだ」

矢口は、ようやくうなずいた。

「確認してよろしいですか？」

「何だ？」

「今日、このマリーナで聞き込みをする目的です。ポエニクス号がマリーナを出たとき、被害者といっしょに、誰か乗船していなかったかどうか……。それを確認するんですね？」

「そうだ」

「そして、その同乗者は、被害者の顔見知りだったかもしれないし、脅して無理やり出港させたのかもしれない。それを確認するのですね」

安積は、不安になってきた。

「待て。そう結論を急いじゃだめだ。あくまでも、手がかりを探すんだ。まったく違った筋道が見えてくる可能性もあるんだ」

「行き当たりばったりの聞き込みじゃ、効率が悪いです。きちんとした方針を立てて、それを検証していかないと……」

先輩の刑事に言う言葉じゃないな。そう思ったが、とがめないことにした。叱《しか》ると、また、面倒なことになりそうだ。

「まだ、その段階じゃない」

安積は言った。「とにかく、ポエニクス号が出航したときの状況を、詳しく聞き回るんだ」

矢口は言った。

「わかりました」

安積は、胸をなで下ろす思いだった。いちいち文句が多い。面倒な相手だということがわかってきた。

怒鳴れば済む相手ではないと思った。それほど単純なやつではない。よくこんなやつが、警察組織でこれまでやってこられたものだ。

安積は、そんなことを考えていた。警察は上下関係が厳しい。待機寮では、主がいて先輩のいじめもある。

おそらく、相手を見て態度を決めるのだろうと、安積は考えた。普段はおとなしくしているに違いない。

村雨も杓子《しやくし》定規なやつだが、矢口に比べればはるかにましだと思った。ふと、須田が言ったことを思い出した。

「佐治係長は、矢口に手を焼いているようですね」

あいつは、そう言ったのだ。

そのときは意味がよくわからなかった。さすがに須田は人をよく見ている。

この先も何かと苦労をしそうだ。突き放すのは簡単だ。だが、組んだからには、この捜査本部にいる間に、矢口に何かを学んでほしい。

他人に話せば、優等生的な発言だと言われかねない。だが、本音だった。俺も、若いころには先輩に苦労をかけていたのかもしれない。

そんなことを思いながら、マリーナのクラブハウスに向かった。

9

安積は、まずクラブハウスのフロントに行き、話を聞こうとした。

フロント係は、矢口の顔を見ると、ふと表情を曇らせた。それは一瞬だったが、安積は気になった。

安積は、警察手帳を提示して、フロント係に言った。

「ちょっと、お話をうかがいたいのですが……」

相手の胸の名札を見た。海野《うみの》と書いてある。一瞬、本名かどうか疑った。偽名を使う必要などないから本名だろう。だとしたら、なんとこの仕事にふさわしい名だろうと、安積は思った。

海野は、手元のパソコンの画面を見つめたままこたえた。

「いいですよ。協力しないと、逮捕されるんでしょう？」

安積は驚いた。

「そんなことはありません。誰がそんなことを言いました」

海野は、こたえなかったが、ちらりと矢口を見た。

「それで、何のご用です？　知っていることは、昨日全部お話ししましたよ」

海野は、またパソコンに眼を戻した。やることがたくさんあるのだと、無言で抗議しているのだろう。刑事はそんなことは気にしない。

安積は尋ねた。

「殺害された加賀洋さんの船が出航されたときのことを、詳しくうかがいたいのです」

「そのことは、昨日そちらの刑事さんにもお話ししましたよ」

「申し訳ありませんが、もう一度お聞かせ願えませんか」

海野は、抗議を諦《あきら》めたように安積のほうを見た。

「ポエニクス号がマリーナを出たのは、三日前、つまり、八月二十四日土曜日のことです。それは、ハーバーの管理係員が確認しています。舫《もや》い綱《づな》を解いたのも、その管理係員です」

「出航した時刻はわかりますか？」

「私は知りません。その管理係に訊《き》いてください」

「その方のお名前は？」

「三木《みき》といいます」

「三日前、加賀さんにお会いになりましたか？」

「いいえ、クラブハウスにはおいでにならなかったので……」

「三木さんは、会われたのですね？」

「ええ、出航のとき綱を解いたんですから、当然会っているでしょう」

「三木さんには、どこに行けば会えますか?」

「ハーバーの詰め所に行けば、会えると思いますよ」

安積はうなずいて言った。

「どうも、ありがとうございます」

海野は、皮肉な感じの笑いを浮かべた。

「おや、お礼を言ってくださるのですね」

「もちろんです」

安積は言った。「貴重なお時間を割いて、捜査に協力いただいたのですから」

「偽証や隠し事は罪になる、とか脅したりはしないんですね」

「脅すなんてとんでもない。話をうかがうときは、相手の方の善意に期待するしかないのです。事情聴取で発言されたことを罪に問われることはあり得ません。偽証罪が適用されるのは、法律により宣誓した証人だけです」

海野は、再びちらりと矢口を見た。

安積は、海野に頭を下げてから、クラブハウスを出た。おびただしい数のヨットが繋《けい》留《りゅう》されている桟橋に向かって歩きながら、安積は矢口に尋ねた。

「いったい、どんな話の聞き方をしたんだ?」

矢口は、平然とこたえた。

「どんなって……。別に普通ですよ」

「偽証や隠し事は罪になるなどと言ったのは、君だな？」

「ええ、たしかに言いました」

「それは事実ではないし、相手を脅したことになる」

「それが何か問題ですか？」

安積は立ち止まって矢口を見た。

「もちろん問題だ。さっき、フロント係にも言ったが、聞き込みというのは、一般市民の善意の上に成り立っているんだ」

矢口も立ち止まった。

「まさか、本気で言ってるんじゃないですよね？」

「何だって……？」

「噂の安積係長が、そんな甘いことを言うなんて、驚きですよ」

「何が甘いんだ？」

「犯罪捜査が、きれい事じゃ済まないことくらい、自分にだってわかってますよ」

「たしかに警察の仕事は、きれい事じゃ済まないこともある。だからこそ、正しいことを心がけなければならない」

「それはわかりますが、一般市民になめられたら、仕事になりません。最初にがつんと言っておけば、たいていはびびって、何でもしゃべってくれます」

捜査一課では、どういう教育をするのだろう。どうすれば、こんな刑事ができあがるのか。村雨に教育し直してもらいたいと思った。

安積が説教をしても始まらない。今は聞き込みの最中だ。矢口の考え違いを正すのは、また別な機会にしたほうがいい。

安積は、桟橋の手前にある小さな建物に向かった。それが、管理係員の詰め所だ。

「三木さんは、いらっしゃいますか?」

建物の出入り口から声をかけた。入るとすぐにカウンターがあり、その向こうがオフィスになっている。何かに似ていると、安積は思った。

そうか、レンタカー屋だ。

カウンターの向こうには、三人の中高年男性と、一人の若い女性がいた。彼女はパソコンに向かっていた。三人の男性はいずれも日焼けしている。彼らが、管理係員たちで、女性は庶務担当だろう。

三人の男たちの中で、一番年上に見える男が言った。

「私が三木ですが……」

安積は、警察手帳を提示して名乗った。三木は、険しい表情になった。

「亡くなった加賀洋さんのことですか?」

「ええ、ちょっとお話をうかがえますか?」

三木は、安積の背後に視線を向けた。安積は振り返った。矢口が挑むような眼差《まなざ》しを三木に向けていた。

安積は、三木に眼を戻して言った。

「ポエニクス号が出航したのは、三日前のことですね？」

三木が安積を見てうなずいた。

「ああ、そうだよ。あれは、たしか昼飯の後だから……」

他の係員が言った。

「二時頃だろう。三木さんは、ここで弁当を食ってから出航の確認をしに行ったんだ」

「そうだな」

三木が言う。「午後二時頃のことだ」

「そのとき、ポエニクス号の燃料は満タンだったということですが、本当ですか？」

「間違いないよ。俺が給油したんだ。間違いなくタンクいっぱいに燃料を入れたよ」

「出航前に、加賀さんと話をしましたか？」

「挨拶《あいさつ》程度だね。俺は、台風が近づいているから気をつけるように言ったよ」

安積は尋ねた。

「そのとき、加賀さんはなんと……？」

「台風接近前には戻ると言っていたんだが……」

三木は、小さくかぶりを振った。悲しんでいるようには見えなかった。まるで、自分を責めているような表情だ。

出航することを強く止めていれば、加賀が死なずに済んだと思っているのかもしれない。

「船には、加賀さんお一人でしたか？」

「さあ……。一人で船を出すなんてことは、あまり考えられないから、船内には誰かいたかもしれないね。だが、俺は見ていない」

三木は、他の二人の係員に尋ねた。「あんたら、どうだ？」

一人の係員が言った。

「あのとき、ポエニクス号の出航を見送ったのは、三木さんだけだから、俺たちはわからないなあ」

もう一人が言う。

「でも、三木さんが言うとおり、一人で船を出す理由ってのは、なかなか考えつかないなあ。たいていは、仲間と釣りをやるために出すんだ」

「女と海で二人きりで過ごすために出す人も、稀《まれ》にいるけどね……」

係員の一人が笑った。「たいてい、女は船酔いしてしまって、ろくなことにならない」

安積は、三木に尋ねた。

「加賀さんが、女性と二人で船を出した可能性はあるでしょうか？」

三木は、しばらく考えてからこたえた。

「何とも言えないね……」

「過去にそのようなことはありましたか？」

「いや、俺が覚えている限りではない」

安積は、他の二人にも同様の質問をした。一人がこたえた。

「二人っきりということはなかったな」

安積は、その言い方が気になって、尋ねた。

「二人きりじゃなかったことはあるというわけですね？」

「ああ、男三人、女二人で乗り込んだことがあったな……。あれは、七月のことだったな。船上パーティーでもやっていたんだろう」

「そのとき、いっしょだった人たちの名前はわかりますか？」

その係員は、肩をすくめた。

「ここと契約している船のオーナーのお名前は知ってますよ。でも、そのオーナーの方が、どんな人をご自分の船に乗せるかは、俺たちにはわからない」

それはそうだろうと、安積は思った。マリーナは、端的に言えば、船の繋留場所を貸しているだけだ。駐車場と同じだ。契約者が誰を車に乗せるかなど、駐車場の管理人が気にするはずはない。

安積は、三木に言った。

「発見されたとき、ポエニクス号の燃料タンクは空でした。それについて、どう思いますか？」

「さあ……」

三木は、本当に困惑している様子だった。「台風が来る前に戻って来るものと思っていたからな……」

「だいたい、燃料というのは、どれくらいもつものなんでしょう？」

「まあ、運航の仕方や一日の移動距離にもよるが、釣りやダイビングをするために移動するのなら、三日はもつね。それが目安だな」

「満タンで出航したポエニクス号が、二日でタンクを空にしていた……。いったい、どういうことなのでしょう？」

「一日で、そうとうな距離を航行したか……。あるいは、エンジンを噴かし続けなければならなかったか……」

「どちらだと思います？」

「羽田沖で漂流しているところを発見されたということだな。それなら、遠出したというより、嵐の中でエンジンを噴かし続けていたという可能性のほうが高いな。波と戦うためには、常に高い出力が必要なんだ」

安積はうなずいた。

「出航前の加賀さんに、何か変わったところはありませんでしたか？」

「別になかったと思うね」

安積は振り向いて、矢口の顔を見た。何か質問はあるかという意味だ。

矢口は、三木に言った。

「船にいっしょに乗っていた人を知っていて隠しているんじゃないでしょうね？」

三木は、驚いたように矢口を見た。

「どうして俺がそんな隠し事をしなきゃならないんだ？」

「さあね。その理由について、署のほうでゆっくり聞いてもいいんですよ」

三木はたちまち不機嫌そうな顔になった。矢口は、いつどこでも、一秒で他人を不愉快にさせることができる。安積は三木に言った。

「あなたが隠し事などしていないことはわかっています」

「なんだい……」

三木は言った。「そこの若いのは、本物の刑事のくせに、安っぽい刑事ドラマの真似事《まねごと》でもやってるのかい？」

安積は、苦笑した。

「まあ、そんなところです」

彼らに礼を言うと、安積は詰め所の外に出た。

三木たちの言ったことを検討しなければならない。だが、まず矢口の態度が気になった。そのことを片付けないと、事件のことに集中できそうになかった。

「聞き込みは、一般市民の善意の上に成り立っていると言ったのを忘れたのか？」

矢口は平然と言った。

「忘れてなどいません」

「じゃあ、もっと相手に敬意を払うものだ」

「こちらが下手に出ていると、相手は本気で訊かれたことにこたえようなんて思わないんですよ。思い出すのも面倒くさいので、適当な返事をする。それじゃ手がかりにもなりません」

「俺の経験だと、そういうことは稀だ。たいていは、真面目にこたえてくれる」

「考え方の違いですね」

「君と考え方が違うのは当たり前だ。経験が違う。俺は、多くのことを、警察官人生を通じて学んできた。だから、君と考え方が違う場合、その考えを改めるのは、君のほうなんだ」

「なるほど、そういう考え方もありますね」

「本気で俺の話を聞くべきだ。でないと、今に痛い目にあう。それも、それほど遠くない将来に……」

　矢口は言った。

「三木を一人にして話を聞くべきだったんじゃないですか？」

　こいつは、俺が言ったことをちゃんと理解したのだろうか。

　戸惑いながら、安積は言った。

「被疑者ならそうする。だが、三木は被疑者じゃない。ああいう場合、仲間といっしょに話を聞いたほうが、記憶がよみがえることが多い」

「でも、別々に話を聞いて、矛盾する点を追及するのが基本でしょう？」

「だからそれは、重要参考人や被疑者の場合だ。それをすべてに当てはめてはいけない」

「どうしていけないんです？」

「その必要がないからだ」

「自分は、その必要があると思います。係長は、聞き込みは一般市民の善意の上に成り立っているとおっしゃいました。しかし、自分はその善意というものをあてにはできません。人間は、もともと他人を欺き、だますものです」

安積は、むなしくなってきた。昔と違って、最近の捜査一課は嫌なやつが増えたと感じていた。だが、ここまでとは思わなかった。

今の捜査一課の刑事たちは、みんな矢口のような考え方なのだろうか。もともと刑事は疑うのが仕事だ。そう言いながらも、どこか人の営みを信じているところがあった。だからこそ、人の痛みが理解でき、犯罪者の心理が理解できたのだ。

矢口は、性悪説から出発している。他の捜査一課の刑事たちもそうなのだろうか。安積は、思った。いや、きっとそうではない。それでは、刑事という仕事があまりにつまらない。

「他人の善意をあてにできないというのは問題だな」

「そうでしょうか」

安積は、きっぱりと言った。

からなかった。

「俺はそう思う」

矢口は、何も言わなかった。別に考え込んでいる様子でもない。何を考えているのかわからなかった。

安積の言うことを、まともに聞いていないのかもしれない。腹が立つというよりも、どうしていいのかわからないという戸惑いのほうが大きかった。そして、矢口のような若い刑事がこのままで出世していくことが恐ろしかった。

「ところで……」

安積は尋ねた。「三木とは初対面か?」

矢口はこたえた。

「ええ、初めて会いました」

「昨日の聞き込みで、当然会っているものと思っていたがな……」

これは皮肉ではなく、素直な質問だった。矢口が言った。

「マリーナの支配人に話を聞いたんですが、昨日の段階では、彼の口から三木の名前は出ませんでしたからね」

それは、質問の仕方に問題があったからじゃないか。そう思ったが、今は言わないでおくことにした。

安積は、再び足をクラブハウスに向けた。

矢口が尋ねた。

「またフロントに行くのですか?」

「いや」

安積は言った。「ラウンジやバーに行ってみよう」

フロントや桟橋の管理係が知らないことでも、ラウンジの従業員が知っているという可能性もある。

くつろいだときに、人間は他人にいろいろな面を見せるものだ。

10

ティーラウンジに行くと、案内係の男がやってきたので、安積は言った。

「ちょっとお話をうかがってもよろしいですか?」

案内係は、上品な笑みをうかべたままこたえた。

「何でしょう?」

「加賀洋さんが殺害されたことはご存じですね?」

案内係は、営業用の笑みを消し去った。

「警察の方ですか?」

安積は、警察手帳を出して見せた。

「捜査本部の安積といいます。こちらは矢口……」

「申し訳ありません。営業中は困るのですが……」

「すぐに済みます」

案内係は、顔をしかめたが、安積はかまわずに質問した。

「加賀洋さんを、以前からご存じでしたね?」

「ええ、クラブのメンバーでいらっしゃいましたから……」

「こちらでくつろいだりもされていましたか？」

「もちろん。海から戻られて、ここで一息入れられることもありました」

「仲間の人たちとごいっしょだったことはありますか？」

「ええ、ありますよ。……というより、何人かでいらっしゃることのほうが多かったですね」

「その方々をご存じですか？」

「その方々……？」

「加賀さんのご友人の方々です」

「さあね……。私どもはクラブのメンバー様は把握させていただいておりますが、そのご友人までは……」

落ち着きなく眼を伏せた。そして唇にぎゅっと力を入れた。隠し事をしているのだ。さらに、しゃべってはいけないのだが、しゃべりたがっていることを示している。

安積は、声を落とした。

「何かご存じですね？　決してご迷惑はかけません。知っていることをお教え願えませんか？」

「メンバーの方がどなたとごいっしょだったか、などということを外に洩《も》らすと、信用に関《かか》わるのですが……」

案内係は、さっと周囲を見回してから、声を落として言った。

「永峰里美《ながみねさとみ》とよく来てましたよ」

「誰です？」

安積が尋ねると、案内係は驚いたように安積を見た。

「永峰里美ですよ。知ってるでしょう？」

「いいえ」

「女子アナですよ。朝の情報番組で人気が出て、去年からフリーアナウンサーになったんです」

加賀洋は、有名人をクルーザーに招待していたというわけだ。そういえば、女子アナウンサーと金持ちが付き合っているという話は、たまにスポーツ紙や週刊誌のネタになる。

「その女子アナと加賀さんは、お付き合いをされていたということですか？」

案内係は、こたえた。

「さあね。そこまではわかりません」

「二人は何度もいっしょにここにやってきたのですか？」

「少なくとも三度、お見かけしております」

「その他には……？」

「他にもいろいろな方をお連れでしたが、私が存じておりますのは、それだけです」

「他の従業員の方にも、お話をうかがいたいのですが……」

案内係は、しばらく考えてから、一人のウエートレスを呼んだ。

「安田君《やすだ》」

安田と呼ばれたウエートレスは、モデルとしても通用しそうな見事な体型の美人だった。

「何でしょう？」

「こちら、刑事さんなんだが、加賀さんのことで、話が聞きたいそうだ。君は、加賀さんとは比較的親しくしていたようだから……」

かすかに非難の響きがあるような気がした。おそらく、仕事中に加賀たちと親しげに私語を交わしたりしていたのだろう。それが案内係にとって不愉快だったに違いない。

安田というウエートレスは、安積と矢口を交互に見て言った。

「話が聞きたいって、どんなことでしょう？」

案内係がまだそばに立っていた。安積は、まず彼に言った。

「お仕事中にご協力いただき、ありがとうございました」

案内係は、一瞬気まずそうな顔をして、立ち去った。それから、安積は安田に言った。

「加賀さんのご友人たちについてうかがいたいのですが、彼の船によくいっしょに乗っていたようなご友人の名前をご存じありませんか？」

安田は警戒心を露《あら》わにしていた。刑事の尋問を受けると、たいていの人はそういう態度になる。

彼女は、しばらく考えてから言った。

「一人だけ、名前を知っている人がいます。メールアドレスを教えたら、何度かメールをくれたことがあって……」

「何という方ですか？」

「紫野《しの》さんです」

「シノ……？　フルネームはわかりますか？」

「紫野丈一郎《じょういちろう》」

「どんな字を書きますか？」

「紫に、野原の野。背丈の丈という字に、普通の一郎です」

そのこたえを聞いて、聡明《そうめい》な女性だと思った。なかなかこういうふうにすらすらとこたえられるものではない。

「紫野さんの連絡先はおわかりですか？」

「メールアドレスなら……」

「お教え願えますか？」

彼女は、制服のポケットから携帯電話を取り出して操作した。

そして、紫野のメールアドレスを安積に示した。安積は、矢口にメモを取るように無言で指示した。

「その方は、何をされている方なのでしょう？」

安積が尋ねると、彼女はこたえた。

「弁護士だそうです」

なるほど、女子アナに弁護士か。所轄の刑事などには縁のない、ハイソサエティーの付き合いというわけだ。

「紫野さんはここに、加賀さんとよくごいっしょにいらっしゃったのですね？」

「ええ、よくいらっしゃってました」

「二人きりで？」

「いいえ、たいていは何人かで……」

おそらくその何人かも、金持ちであったり、有名人なのに違いないと安積は思った。

「紫野さんにメールアドレスを教えたと言いましたね？　どうして紫野さんだけに……？」

「弁護士だとお聞きしまして……。交通事故の示談の件で、ちょっと揉《も》めているところだったので、相談しようかと思いまして……」

「他の方にも、メールアドレスや電話番号を訊かれたことはあったのですね？」

「ええ、まあ……」

だいたい様子がわかった。これだけの美人だ。顔見知りになれば、電話番号の一つも聞き出したくなる。彼女は、しょっちゅうそういうことを経験しているに違いない。

紫野は、彼女にとって利用価値があったということだろう。

「従業員で、あなた以外に、加賀さんと特に親しくされていたような方はいらっしゃいますか？」

「私は特に親しくしていたわけではありません」

「失礼。では、誰か親しくされていましたか？」

「そういうことはわかりません。加賀様は、あくまでもマリーナのメンバーでいらっしゃいました。私どもは、メンバーの方々には、どなたにも等しく、失礼のないように心がけておりますから……」

「わかりました。どうもありがとうございました」

安積は、ティーラウンジを後にした。

フロントの前を通るとき、先ほど話を聞いたフロント係と眼が合った。安積が会釈をすると、彼は眼をそらした。

メンバーには、決してそんな態度を取らないはずだと思いながら、安積は、クラブハウスを出た。

矢口が声をかけてきた。

「たった二人に話を聞いただけでしたね？」

「あれ以上、営業の邪魔をするわけにはいかない」

「どうしてです？　殺人の捜査なんですから、何だってできるでしょう」

「それは思い違いだ」

「わかっていますよ。一般市民の善意でしょう？」

「そうだ」

「相手の迷惑なんて気にしていたら、聞き出せることも聞き出せないんじゃないですか？」

「君は、初めて会ったときに、俺と組めて光栄だと言ったな？　あれは、嘘だったのか？」

「とんでもありません。本当に光栄だと思っています」

「だったら、俺のやり方を学ぶことも考えるんだな」

「わかりました。そうさせていただきます」

調子のいい返答だ。誠意が感じられない。刑事の仕事がどういうものか、いつか彼にちゃんとわからせなければならない。

それは、果たして安積の仕事なのだろうか。直属の上司である佐治がやるべきことだ。

そこで、安積はまた須田の言葉を思い出していた。

佐治も手を焼いているのかもしれない。それが、実感されてきた。

だったら、この捜査本部で組んでいる間に、安積ができるだけのことをやるしかない。

できれば、無視したかった。矢口の言うことは、癇《かん》に障るが、じっと我慢していれば、いずれ捜査本部は解散になって、彼は離れていく。

だが、自分がそうできないことを、安積は知っていた。つくづく損な性分だと思うが、矢口のような警察官を放っておくことができない。

安積は、さらに矢口の質問にこたえることにした。

「案内係から永峰里美の名前を、また、安田というウエートレスからは、紫野丈一郎の名前を聞き出した。その二人からたどっていけば、さらにいろいろなことがわかるだろう。

糸口としては充分だ」

また何か反論するかと思い、構えていたら、矢口はあっさりと言った。

「なるほど、そうですね」

拍子抜けすると同時に、なんだかばかにされているような気がした。

性格を変えることはなかなかできない。だが、不可能ではない。性格を形作るのは資質と環境だ。資質は持って生まれたものだから、変えられないかもしれないが、環境を変えてやることはできる。それが教育というものだと、安積は思った。


別館の捜査本部に戻ると、池谷管理官に聞き込みの結果を報告した。

管理官は、隣にいる矢口をちらりと見てから言った。

「わかった。永峰里美と紫野丈一郎だな。鑑取りの班に伝えておく」

矢口が言った。

「自分たちが聞き出して来た名前です。自分たちに当たらせてもらえませんか?」

池谷管理官は、眉をひそめて矢口を見た。管理官の指示に従うのが、捜査本部の原則だ。矢口は怒鳴りつけられるかもしれないと、安積は思った。

だが、意外なことに、池谷管理官は安積に向かって尋ねた。

「安積係長は、どう思う?」

こちらに振ってきたか……。

「私は、管理官の指示に従います」

管理官はしばらく考えていた。やがて、彼は言った。

「二人で当たってみてくれ」

矢口は、勝ち誇ったような顔をしていた。

安積は、管理官のもとを離れると、矢口に命じた。

「二人の連絡先を調べてみてくれ。この時間だと会社か事務所を訪ねるのがいいだろう」

「了解しました」

相変わらず、返事はいい。

安積は、矢口に連絡先を調べさせている間、速水の様子をうかがっておこうと思った。

携帯電話をかけるとすぐに出た。

「昨夜解放されたようだな」

「正確に言うと、日付が変わっていたから、今日の未明だ」

「それで、今何をしているんだ？」

「もちろん仕事をしている。今日は、当番だ」

愚問だったと安積は思った。速水は、被疑者ではない。事情聴取が終われば、日常に戻るだけだ。

「災難だったな」

「別にどういうことはない」

「その後、思い出したことはないのか？」

「思い出すことなんて、あるはずがない。俺は、招待状をもらってパーティーに出かけただけだ」

「セレブのパーティーなんて、場違いだったということだ」

「おまえと違って、俺はどんな場所だって平気だ」

たしかにそのとおりかもしれない。速水が物怖《ものお》じをしているところを見た記憶がない。

「俺も、これから有名人に会いに行くことになった」

「有名人だって？」

「どうやらそうらしい。俺は知らなかったが……。永峰里美というフリーの女子アナだ。知ってるか？」

しばらく沈黙の間があった。

安積は、電波が弱くて電話が切れたのかと思った。

「おい、聞いているか？」

「そいつ、知ってるぞ」

「人気があるらしいからな」

「そうじゃない。パーティーに来ていたんだ。俺は、二言三言だが、言葉を交わした」

「パーティーって、新木場のパーティーか？」

「当たり前だ。俺がそんなにあちらこちらのパーティーに出席しているわけがないだろう」

　偶然だろうか。

　有名人たちの行動というのはよくわからない。彼らなりのコミュニティーがあり、特定の人々はかなり頻繁に顔を合わせているのかもしれない。

「言葉を交わしたと言ったな？　どんな話をしたんだ？」

「たいしたことじゃない。職業を尋ねられたり……」

「こたえたのか？」

「ああ、俺は身分を隠したりはしない」

　警察官はたいてい、警戒心が強いので、初対面の相手にはなかなか職業を明かさない。同僚と外で話すときは、自分の所属機関のことを「カイシャ」と呼び、誰かに尋ねられたときには「公務員」とこたえることが多い。

　だが、速水はそうではないだろう。彼は、自分の仕事に、並々ならぬ誇りを持っているのだ。

　ふと、好奇心を覚えて、安積は尋ねた。

「そのパーティーで、おまえが警察官だということを知っていたのは、何人くらいいるんだ？」

「どうしてそんなことを訊く？」

「いや、ちょっと気になっただけだ」

「それが事件と何か関係があるのか？」

「俺は、新木場の件を担当しているわけじゃない。ただ、ちょっと訊いてみたかっただけだ」

「ふうん……」

速水は、疑っているような声を出した。「まずは、招待状をくれた新藤だ」

「それから、永峰里美だな？」

「そうだ。その他には、俺の口から警察官だと言った覚えはない。新藤の雇い主は知っていたかもしれない」

「永峰里美と言葉を交わしたきっかけは？」

「パーティーだぞ。たいしたきっかけなどない。声をかけたり、かけられたり……」

そういうものなのかと、安積は思った。俺は、パーティーに出かけたとしても、壁際で一人酒を飲んでいるしかないだろう……。

「職業を訊かれただけか？」

「駐車違反で捕まったときに、連絡したら、もみ消してくれるか、と訊かれた」

「どうこたえたんだ？」

「冗談じゃないと言ってやった」

「それから？」

「飲み物を取ってきてほしいと言われて、カウンターから取ってきてやったよ。それだけだ。彼女のお目当ては、給料の安い公務員なんかじゃない。金持ちか有名人だ」

「なるほどな……」

「実は、むかついているんだ」

「何にだ？」

「刑事が俺の回りをうろついている」

安積は、正直に言うことにした。

「おまえを泳がせて監視しているんだそうだ」

「ふざけたことを……」

「おい、無茶なことはするなよ。向こうは手ぐすねを引いているんだ。公務執行妨害で現逮なんてことになったら、こんどはしばらく出てこられないぞ」

「無茶なことって、何だ？」

「監視の捜査員に手を出すとか……」

「俺がそんなばかだと思うか？　どうせ、無駄骨なんだ、放っておくさ。だが、やつらを見るとむかつくんだ」

臨海署の捜査員は普段、速水と顔を合わせている。だから、監視をしているのは捜査一課の連中だろう。だから、速水は気に入らないのだ。

「当分、おとなしくしていろ」

「ところが、そんな気分じゃなくなった」

「どういうことだ？」

「永峰里美に会いに行くんだろう？　俺も行く」

「どうしておまえが……？」

「彼女は、新木場のパーティーに出席していた。そして、クルーザー殺人事件の聞き込みでその名前が浮上した。つまり、二件の殺人事件に関わっている可能性がある」

「待てよ。こっちの件では、彼女は被害者の知り合いだったというだけのことだ。事件に関係しているとは限らない」

「話を聞いてみれば何かわかるかもしれない」

「だからって、おまえが行くことはない。仕事があるだろう？」

「足が必要だろう？　俺が覆面パトカーを都合してやる」

たしかにそれはありがたい申し出だった。捜査車両は数が限られている。安積たちは電車などで移動するしかない。

だが、捜査員でもない速水を連れて行っていいものだろうか。迷っていると、速水が言った。

「三十分後に、別館の玄関に迎えに行く」

そのとき、安積はふと思った。

速水は矢口をどう扱うだろう。興味が湧《わ》いてきた。

安積は言った。

「わかった。待っている」

11

速水は、変哲のない白いハッチバックでやってきた。ルーフにパトライトを格納しているようにも見えない。ナンバーを見ると、特種用途自動車を表す8ナンバーではなく、通常の3ナンバーだった。

制服も着ていない。紺色のブレザーにグレーのズボン。白いボタンダウンのシャツにノーネクタイという服装だ。

「待たせたな」

運転席の窓から、速水が言った。

安積は、助手席に乗り込んだ。こういう場合、たいてい一番年下の者が運転をする。だが、速水は他人にハンドルを任せる気はないようだ。

矢口が後部座席に座った。車内では上座だ。本人はまったく気にしていない様子だ。そもそも車に上座下座があることを知らないのかもしれない。

安積は、速水に言った。

「この車は、本当に覆面パトカーなのか?」

「目の前にある無線機やＰＤＡ端末が目に入らないのか？」

たしかに、無線機などのパトカーと同様の装備が助手席に装着してある。

「今時の覆面車は、ルーフにパトライトを自動で出し入れできるんじゃないのか？」

「俺は、８ナンバーが好きじゃない。８ナンバーを付けているだけで、覆面だとばれてしまう。この車のように、パトライトをマグネットで屋根に取り付けるタイプだと、特別な改造も必要ないので、３ナンバーのままだ」

「別に、覆面車であることがばれてもいいと思うが……」

「美意識の問題だ」

「そういえば、おまえ、当番だと言っていたな。私服に着替えて俺たちの聞き込みに付き合ったりしていいのか？」

「俺がいいと言えばいいんだ」

「あきれたもんだ」

二人のやり取りを聞いていた矢口が言った。

「私服に着替える……？　刑事じゃないんですか？」

安積は言った。

「刑事じゃない。交機隊の速水だ」

「当番ですって？　それを放《ほう》り出したんですか？　所轄は気楽なもんですね……」

速水は、ちらりとルームミラーで後部座席を見た。そして、安積に尋ねた。

「この口の減らない若造は何者だ？」

「捜査一課の矢口だ。捜査本部で俺と組んでいる」

速水は、凄《すご》みのある声で言った。

「俺は交機隊の速水だと、係長が言ったのが聞こえなかったのか？　所轄は気楽だって？

交機隊は警視庁本部所属だ」

「では、言い直します。交通部は気楽なもんですね」

そのとき、速水がうれしそうな笑みを浮かべるのを、安積は見逃さなかった。獲物を見つけた肉食獣の表情だ。


永峰里美は、青山にあるプロダクションに所属していた。タレント事務所だが、フリーキャスターなども抱えているようだ。

事務所は、ビルの五階にあるということだ。速水は、青山通りのビルの前に駐車した。青山一丁目の信号の近くだった。

安積が車を下りると、速水も運転席から出てきた。

安積は言った。

「おまえも来るのか？」

「当然だ」

「車をここに放っておいてか？」

速水は、キーを矢口に向かって突きだした。

「おい、駐車場を見つけて入れておけ」

矢口は、ぽかんとした表情で速水を見た。何を言われたのかわからない様子だ。

速水がもう一度言った。

「聞こえないのか？　それとも、運転ができないのか？」

「そのどちらでもありません」

矢口が言った。「なぜ自分がポーターのようなことをしなければならないのか、理由がわからないだけです」

「俺に言われたからやる。ただそれだけのことだ。俺たちは、一足先に話を聞きに行っている」

「自分は、捜査一課ですよ」

「それがどうした？　俺は交機隊だ」

「ここは事務所でしょう？　本人がいる可能性は低いです。すぐに移動することになるんだから、わざわざ駐車場に入れる必要はないんじゃないですか？」

「交通部の警察官の前でよくそういうことが言えるな。切符を切られたいのか？　さあ、行け」

矢口は、車に乗り込んだ。

さすがに速水だ。若い連中の扱いのうまさは、おそらく天性のものだ。

だが、このままでは済まないだろうと、安積は思った。あの矢口が、おとなしく言うことを聞いているはずがない。

エレベーターで五階に向かう。速水は、もう矢口のことなど考えていない様子だ。安積も捜査に集中することにした。

ドアを開けると、五つの机からなる島があり、それぞれの机の上にパソコンと電話が置かれていた。

窓際にはゆったりとしたソファの応接セットがある。

部屋の一番奥にこちら側を向いて置かれた机があり、その向こうに、いかにもこの世界で働いているという恰好《かっこう》の男がいた。いわゆるギョーカイ人の雰囲気だ。

年齢は、五十代半ば。髪は少しばかり薄いが精力的な感じがする。よく日焼けしている。おそらくゴルフ焼けだろう。

事務所に残っているのは、その男と若い女性だけだ。その若い女性がすぐに近づいてきた。

「いらっしゃいませ。何か御用でしょうか？」

安積は警察手帳を出して開いた。

「東京湾臨海署の安積といいます。こちらは速水」

「刑事さんですか……？」

「永峰里美さんは、こちらに所属されていますね？」

「お話をうかがいたいのですが、今どちらにいらっしゃるかおわかりですか？」

若い女性は、困ったように振り向いて、奥にいる男を見た。それに気づいて、男が立ち上がり、近づいてきた。

若い女性に尋ねる。

「どうした？」

「警察の方が、永峰さんにお会いになりたいと……」

「警察……？」

男は怪訝《けげん》な表情をした。実に類型的な反応だと、安積は思った。

再び手帳を出し、尋ねた。

「あなたは……？」

「ここの責任者ですが……」

「つまり、社長さんですか？」

「そうです。風間《かざま》芳郎《よしろう》といいます」

事務所の名前が「オフィス・ウインドブレイク」だ。なるほど、風の間でウインドブレイクか……。

「永峰里美さんがどこにいらっしゃるか、ご存じですか？」

「ちょっと待ってください。永峰が何か警察のお世話になるようなことをやったということですか?」

「いえ、そうではありません。加賀洋さんがお亡くなりになったのを、ご存じですか?」

「カガヒロシ……? 誰です、それは……」

「昨日、東京湾内で漂流していたクルーザーの中で遺体で発見されました。事件をご存じありませんか?」

「クルーザー……? ああ、ニュースで見た気がします。それが、うちの永峰とどういう関係が……?」

「被害者の友人・知人の方にお話をうかがっています」

「友人・知人……。永峰が、その亡くなった方と知り合いだったと……?」

「何度かいっしょに船に乗られていたということです」

風間は、表情を曇らせた。

「待ってください。今、被害者とおっしゃいましたね? つまり、殺人事件ということですか?」

「はい。そう報道されているはずです」

「まさか、容疑者だというんじゃないですよね?」

風間は笑った。安積は笑わなかった。

「ただお話をうかがいたいだけです。永峰さんはどこにいらっしゃいますか?」

風間は、若い女性に尋ねた。

「今日のスケジュールは？」

彼女は、自分の席に戻り、パソコンを操作した。

「今日は、ＴＢＮで『ワイドアイ』の生放送です。九時から入っているはずです」

「『ワイドアイ』……？」

「昼のワイドショーです。永峰は火曜と木曜を担当しています」

そこに、矢口がやってきた。

安積は、そちらを見ずに、風間に言った。

「では、ＴＢＮを訪ねてみることにします」

「私も同行してよろしいですか？」

安積はかぶりを振った。

「その必要はありません。ただちょっと二、三質問をするだけですから……」

風間はどうしていいかわからない様子で、口をつぐんだ。

「お邪魔しました。失礼します」

安積は、風間が何か言い出さないうちに事務所を出ることにした。

エレベーターで一階まで来ると、安積は速水に言った。

「ずいぶんおとなしくしていたな」

「俺は出しゃばるのが嫌いなんだ」

「女の子が、刑事さんですか、と訊《き》いたとき、何か言うかと思ったぞ」

「交機隊だと言って、わざわざ事を面倒にすることはないだろう」

「その気づかいはほめてやるよ」

　矢口が安積に尋ねた。

「ＴＢＮに行くんですか？　乃木坂ですね」

「そうだ。車はどこだ？」

「裏通りにあるコインパーキングを見つけて、そこに停《と》めてあります」

　そこに案内しろと言いかけたとき、速水が言った。

「ここで待ってるから、車を取ってこい」

　矢口は、また先ほどと同じように、ぽかんとした顔で速水を見た。

「何をしている？　言われたらすぐに動くんだよ」

　矢口はようやく歩き出した。

　安積は言った。

「あいつをこき使うなんて、さすがだな」

「何がさすがだ。若いやつが働くのは当たり前のことだ。俺たちが若い頃だってそうだった」

「今は、俺たちが若い頃とは事情が違うようだ」

「それがおまえの悪いところだ」

「何のことだ？」

「時代が違うとか、今の若い連中の考え方が違うとか、すぐに認めてしまうんだ」

「それが悪いことか？」

「悪い。どうして、自分が生きてきた年月に自信を持たないんだ。今時の若いやつがどう考えていようが、そんなことは知ったこっちゃない。俺たちは、俺たちの時代を生き、そして、そのさまざまな蓄積の上に立って、今も生きているんだ」

なるほど、速水の言うとおりだ。

仕事に関しては自信がある。だから、矢口にも、俺のやり方を学べと、強く言うことができた。だが、世の中全体のことを考えると、つい弱気になってしまう。

安積は、そんなことを考えていた。

しばらくして、覆面パトカーが見えてきた。路地から出て来て、安積たちがいる場所の向かい側に停車した。青山通りを横断しなければならない。

交差点まで歩いて道を渡った。

「後ろに移動しろ」

速水は矢口に言った。矢口がこたえる。

「このまま自分が運転しますよ」

「だめだ。運転は俺がする」

矢口は、面倒臭そうに運転席を下り、後部座席に移動した。安積は再び助手席に座った。

ハンドルを握った速水が言った。

「車を持ってこいと言われたら、俺たちの目の前に持ってくるんだ。道の反対側につけるなんて、どういうつもりだ」

矢口が言う。

「こちらの向きのほうが、乃木坂に行きやすいじゃないですか」

「そういうことは、俺たちが考える。指示されない限り、俺たちがいる場所に車を持ってくるんだ。覚えておけ」

矢口は、口をつぐんだ。

速水に言われたことに納得したわけではない。反撃のチャンスをうかがっているのだ。矢口は、どうやって速水に刃向かうのだろう。そして、そのとき速水はどうするだろう。

安積は、密《ひそ》かにその瞬間を楽しみにしていた。


テレビ局はどこも警備がしっかりしている。制服を着た警備員が立っているし、電車の改札口のようなゲートがある。

それは、単にセキュリティーのためのものではなく、一般市民と特別に選ばれた人々を分けるゲートのように、安積には感じられた。

テレビ局の影響力は、年々弱まっている。今時の若者は地上波の番組をあまり観《み》ないのだという。テレビを持っていないという若者も珍しくはないらしい。

にもかかわらず、テレビ局の権威は厳然としている。マスコミは第四の権力と呼ばれている。立法、行政、司法の三権を監視する役割を持つために、そう呼ばれはじめたという説がある。

だが、実は、この語源は十八世紀のイギリスにあったという。新聞を、聖職者、貴族、平民とは別の第四の階級であると位置づけたのが始まりだそうだ。

とにかく、テレビ局は長いことマスコミの権威の象徴であったことは間違いない。そして、テレビが数々の有名人を作り出してきたのだ。

その権威の前には、警察手帳の効力も半減するような気がする。実際にはそんなことはあり得ないのだが、受付で手帳を出しても、一日入館証なるぺらぺらのカードを首から下げるように言われるのだ。

もちろん、令状を持ってくればこんなものをぶら下げる必要はない。警察手帳だけでは何の強制力もないことを再確認させてくれる。それもマスコミの役割の一つかもしれない。

スタジオの場所を受付で聞いて、そこに向かった。エレベーターに乗っても、どこか場違いな感じがずっと付きまとう。

速水は、まったく平気な様子だ。安積も、だからといって気後れするわけではない。ただ尻のすわりが悪いだけだ。

スタジオの前にやってきた安積は、腰に三つもガムテープをぶら下げて、クリップボードを持っている女性に声をかけた。

「すいません、『ワイドアイ』の放送をしているのは、こちらですか?」

「はい、そうですが……」

「永峰里美さんにお会いしたいのですが……」

「失礼ですが、どちら様ですか?」

安積は、警察手帳を出して名乗った。

「ちょっと待ってください」

しばらくして、スーツ姿の三十代の女性がやってきた。

「永峰に何かご用だそうですが……」

なかなか本人にたどり着けない。有名人は幾重もの守りで固められている。

「あなたは……?」

「マネージャーの相田《あいだ》と申します」

かっちりしたタイトスカートのスーツを着こなしている。マネージャーというより秘書と呼んだほうがふさわしい気がした。

「お話をうかがいたいのです。お時間をいただけませんか?」

「どのような話でしょう?」

「それは本人に直接伝えます」

「しばらく待っていただくことになりますが……」

そのとき、矢口が苛立《いらだ》った口調で言った。

「殺人の捜査なんだ。待ってなんかいられないんだよ」

相田は、あくまで落ち着いた口調で言った。

「今、本番中です。抜け出すわけにはいかないのです」

矢口がさらに何か言おうとした。それを制するように速水が言った。

「本番中というなら、待つしかないだろう。何時に終わるんです?」

「十四時です」

「なら、その時間に出直すよ。ちょうど昼時だしな……。飯を食うのにおすすめの場所はあるかい?」

相田がこたえた。

「それなら、局内の食堂がいいと思います」

速水はほほえんだ。

「じゃあ、そうしよう」

相田もほほえみを返した。速水の人徳だ。

食堂の場所を聞いて、そこに移動することにした。

食堂に行ったら有名人だらけなのかと思ったが、そんなこともなく、普通の会社の社員食堂と雰囲気はそれほど変わらなかった。

安積は適当に、「今日の定食」というのを注文した。速水も同じだった。矢口は、豚肉生姜《しょうが》焼き定食に決めた。

大きなモニターがあり、『ワイドアイ』を流している。

食事をしながらそれを眺めていた。フリップを持って立っている女性がいる。昼の番組とあって、カジュアルな服装だ。アナウンサーというより、タレントに見える。

安積は速水に尋ねた。

「あれが永峰里美か？」

「ああ、そうだ」

速水は、他のことを考えているようだ。何を考えているか、だいたい想像がついた。

「殺人事件の捜査だから待てないだって？」

速水が矢口に言った。

やはり思ったとおりだったと、安積は思った。

矢口がこたえた。

「ええ、そうです」

「そう言えば、誰でも言うことを聞くと思っているのか？」

「少なくとも、なめた態度ではなくなります」

「なめているのはどっちだ。少しは、この係長の謙虚さを学んだらどうだ？」

「学ぶ必要があると思ったら、学びます。捜査の仕方は人それぞれなんです。本部の捜査一課と所轄ではおのずと違ってきますし……」

「えらい思い違いをしているな」

「そうですか？　何が思い違いなんです？」

「捜査に本部も所轄もない。学ぶ必要があったら学ぶだって？　おまえは、最初から学び直さなけりゃならない」

矢口が、あからさまにむっとした表情になった。

「捜査のことについて、交通部のあなたにあれこれ言われたくありませんね」

こいつは、怖いものを知らないのか。安積は、その言葉を聞いて、心の中でつぶやいていた。

「捜査がどうこうという問題じゃない。警察官としての心得を学ぶんだ」

「警察官としての心得は、しっかりと学んだつもりですが……」

「いや、俺から見るとまだまだだな」

「どうすればいいのでしょう？」

「だから言ってるだろう。安積係長を見習えって……」

「はあ……」

それきり、矢口は何も言わなくなった。

安積はあえて無言で二人のやり取りを聞いていた。何か言うと、よけいにややこしいことになりそうだと思った。

矢口は、おそらく速水が言ったことを理解していないだろう。いっしょに行動することになったことを、災難か何かだと思っているに違いない。

速水だって自分の仕事がある。そうそう安積たちに付き合っているわけにはいかないはずだ。矢口は、逆らって面倒なことになるよりも、嵐《あらし》が過ぎ去るのを待つことにしたのかもしれない。

12

食堂で時間をつぶし、スタジオ前に戻った。ドアにはまだ「ＯＮ ＡＩＲ」の赤いランプがついている。

午後二時少し前にその表示のランプが消え、ドアが開いた。ぞろぞろと人が廊下に出てくる。その中に、相田を見つけた。向こうも安積たちに気づいた。

「これからメイクを落として着替えますから、それからでいいですね？」

相田が安積に言った。安積はこたえた。

「待たせていただきます」

それから、さらに二十分ほど待たされた。矢口が言った。

「もっと強く言わないからなめられるんじゃないですか？」

安積はこたえた。

「別に俺たちをなめているわけじゃない。向こうには向こうの都合があるんだ」

「それを警察の都合に合わさせないと……」

「令状を持った強制捜査なら、もちろんそうする。何のために令状が必要なのか、知らないわけじゃないだろう?」

　矢口は何もこたえなかった。

　そこに相田が戻って来た。

「楽屋にどうぞ」

　案内された楽屋は、三人で使っていた。他の出演者たちは、すでに引き上げたようだ。ジーパンにざっくりとしたTシャツという服装の永峰里美が、化粧台の椅子《いす》に座り、安積たちのほうを見ていた。

「警察の方ですって?」

　彼女は落ち着いた声音でそう言った後、ちょっと驚いたような表情になった。「あら、あなたは……」

　速水のほうを見ている。速水が言った。

「一昨日《おととい》はどうも……」

「本当に警察の方だったんですね?」

「俺は嘘は言いませんよ」

「それで、ご用件は?」

　安積は言った。

「加賀洋さんが亡くなられたのは、ご存じですね?」

　永峰里美は、表情を曇らせた。

「ええ、ニュースで見て驚きました。しかも、殺人だというので……」

「加賀さんとは、どういうご関係だったのですか？」

「友達でした」

「いつ頃、どうやって知り合われたのですか？」

永峰里美は、速水のほうを見た。

「一年ほど前だったと思います。一昨日のようなパーティーがあって、そこで知り合ったのです」

金持ちや有名人が集まるパーティーということだ。

速水は、何も言わなかった。この場は、安積に任せるつもりなのだ。

「最後に加賀さんに会われたのは、いつですか？」

「いつだったかしら……」

永峰里美は、眉間《みけん》にしわを刻んで考え込んだ。「はっきりとは覚えていませんが、一ヵ月ほど前だったと思います」

「どこで会われたのですか？」

「加賀さんの船に乗せてもらいました」

「そのときは、あなたと二人だけで……？」

「いいえ。総勢で四人だったと思います」

「そのときの四人のお名前を教えていただけますか？」

「加賀さんと私、そして、紫野さんという方と、木田《きだ》さんという方です」

「紫野さんというのは、弁護士の紫野丈一郎さんですね？」

永峰里美は、驚いた表情になった。

警察は知らないだろうと、本人が思っているような事実を、こうして指摘したとき、相手はたいてい同じような反応を示す。

「ええ、そうです」

そのとき、珍しく速水が発言した。

「木田さんとは、木田修《おさむ》さんのことですね？　『オフィスガニメデ』の社長の……」

永峰里美は、今度は驚いた様子を見せなかった。

安積のほうが驚いていた。『オフィスガニメデ』は、速水をパーティーに招待した新藤秀夫が勤めている会社だ。その社長とはつまり新藤秀夫を運転手として雇い、後に秘書として登用した人物ということになる。

永峰里美がうなずいた。

「そうです。木田修さんです」

彼女は、新木場のクラブで開かれたパーティーに参加していた。そして、『オフィスガニメデ』の新藤秀夫も同じパーティーに出席していた。

その新藤の雇い主が、彼女と親しかった。そして、いっしょに加賀洋の船に乗ったことがあった。

これは、どう解釈すればいいのだろう。単にセレブの連中は、狭いコミュニティーで群れているというだけのことなのだろうか。それとも、二つの事件は関連があると考えるべきなのだろうか。

今はまだ、判断がつかなかった。だが、関連を疑わずにはいられない。

安積は、質問を続けた。

「そのメンバーで船に乗ることは、よくあったのですか？」

「私は、三度ほど参加しただけですけど、他の三人は釣り仲間なので、よく出かけていたようです」

「あなたから見て、加賀さんたち三人の関係はいかがでしたか？」

「関係……？　どういうことでしょう？」

「言ったとおりの意味です。仲がよかったとか、悪かったとか……」

「仲が悪かったはずがありません。いつも三人で釣りを楽しんでいました」

「彼らの間で、トラブルがあったなどと聞いたことはありませんか？」

「ありません」

「加賀さんと、木田さんは、同じような業種の経営者ですね。いわば、ライバル関係にあるわけですが、そのあたりで何か感じられたことはありませんか？」

「同じような業種といっても、あの世界は得意分野によってちゃんと棲《す》み分《わ》けができているようです。詳しいことはわかりませんが、加賀さんと木田さんがぶつかることはなかったと思います」

「なるほど……」

「……というより、船では滅多に仕事の話をしませんでしたから、仕事上のトラブルがあったとしても、私にはわかりません」

「仕事以外のトラブルはどうですか？」

女性一人に男性が三人だ。しかも、彼女はかなり魅力的であり、知名度も高い。有《あ》り体《てい》に言えば、三人が彼女を奪い合ったとしてもおかしくはないと、安積は思ったのだ。

そして、その質問の意図は、充分に彼女に伝わっているはずだ。

永峰里美はこたえた。

「彼らの関係は良好だったと思います。私にはそれしか言えません」

「加賀さんとは、三度船に乗せてもらっただけの関係ですか？　どこか他の場所でお会いになったことはありませんか？」

「お食事に誘っていただいたことがあります」

「そのときは、お二人だけで行かれたのですか？」

「私の友人がいっしょでした」

「その友人の方のお名前を教えていただけますか？」

「そこまでお話ししなければならないんですか？」

「私たちは、どんな細かなことでも確認をしなければならないのです。事件とは関係がないような事柄でもうかがっておかなければなりません。できれば、お教えいただきたいのですが……」

永峰里美がこたえた。

「杉田《すぎた》香苗《かなえ》さんです」

速水が「ほう」と小さな声を洩《も》らした。安積は、速水を見た。彼は言った。

「永峰さんと同業の方だ」

安積は、永峰里美に尋ねた。

「つまり、アナウンサーということですか？」

「私と同じフリーのキャスターです」

「所属は、同じ事務所ですか？」

「いいえ、杉田香苗さんは別の事務所ですが、年齢も立場も近いので、親しくさせていただいています」

有名人の連鎖か……。有名人から話を聞くと、そのつながりでまた有名人の名前が出てくる。

「加賀さんと食事をされるなど、船以外でお会いになったのは、そのときだけですか？」

「パーティーでお会いした直後、また同じようなパーティーにお誘いいただいて、でかけたことがありました」

「それから……？」

「それだけだったと思います」

「二人きりでお会いになったことはないのですね？」

「ありません」

それが、セレブリティーの心得なのだろうか。

安積はそんなことを思った。男女関係について詳しく尋ねるのは、捜査上必要なことだ。男女関係のトラブルは、常に殺人の動機の上位にある。

だが、こうしてテレビで人気がある有名人にそれを尋ねると、自分がゴシップ紙の記者にでもなったように思えて、気分がよくなかった。

「一昨日のパーティーについてうかがいます。そのパーティーには、どういう経緯で出席されることになったのですか？」

「木田さんからお誘いをいただいたのです。ああいう集まりは、またとない情報交換の場ですから、積極的に参加するようにしています」

どういう情報交換をするのか知らないが、いろいろな人々と知り合いになれるのは確かだ。それは、彼女にとってのメリットだろう。人気の女子アナが参加するとなれば、主催者側にもメリットがある。両者の利害が一致したということだ。

「では、パーティー会場で、木田さんにお会いになったのですね？」

「いえ、木田さんは急用ができたとかで、欠席されていました」

「誘ってくれた人が欠席なのに、あなたは参加されたのですか？」

「知人は、木田さんだけではありません。同様のパーティーで知り合った人もたくさん来ていました。そういう人たちと話をするだけでも有意義でした」

「紫野さんは、そのパーティーにいらしていましたか？」

永峰里美は、ふと表情を曇らせた。

「紫野さん……？　どうしてそんなことをお訊きになるのでしょう？」

「加賀さんとも、同様のパーティーで知り合われたのでしょう？　木田さんや加賀さんと同じで、紫野さんも、そうしたパーティーにふさわしいように感じたので……」

「たしかに、当初紫野さんや木田さんも参加の予定でした。でも、紫野さんも仕事が入って参加できなくなったのです。忙しい人なので、珍しいことではありません」

「亡くなった香住昌利さんとは、面識はありましたか？」

永峰里美の表情がさらに曇る。

「ええ、やはりああいうパーティーの常連でしたから……」

「個人的なお付き合いはありましたか？」

「個人的な付き合い？」

「ええ、加賀さんや木田さんとお付き合いされていたように」

「いいえ、そういうお付き合いはありませんでした」

「加賀さんと香住さんは、お知り合いだったのでしょうか？」

「加賀さんと、香住さん……？　二つはまったく別の事件じゃないのですか？」

「もちろん、別の事件です。しかし、あなたは、加賀さんの友人であり、一昨日のパーティーに参加されていました。木田さんや紫野さんも参加の予定だったのですね。そうした人のつながりが判明した場合、我々はちゃんとした確認を取らなければならないのです」

「それは、二つの事件に関連があるかもしれないということですか？」

安積は、この質問にはこたえないことにした。

「加賀さんと香住さんは知り合いだったのですか？」

「私にはわかりません」

「加賀さんから、香住さんについて何か聞いたことはありませんか？」

「ありません」

「わかりました」

安積は、速水の顔を見た。何か質問したいことはあるか、という意味だ。

速水が永峰里美に言った。

「あのとき、パーティー会場で、何か妙なことに気づかなかったかな？」

「妙なこと？」

「何か不自然なことだ。挙動不審者を見かけたとか、なにかいつもと違う違和感があったとか……」

永峰里美は、しばらく考えてからこたえた。

「いいえ、残念ながらそういうことには気づきませんでした」

「さぞかし、驚かれただろうね？」

「え……？」

「出席されていたパーティー会場で殺人事件があった。同じ日に加賀さんが亡くなっていたのだから……」

「ええ、すごく驚きました」

「そのことについて、誰かと話をしたかな？」

「木田さんや紫野さんと電話で話をしました。二人ともひどく驚いている様子でした」

速水がうなずいた。

安積は、そろそろ質問を切り上げようと思った。さらに疑問点が出てきたら、また彼女のもとを訪ねてくればいい。

そのとき、矢口が言った。

「隠し事をするとためになりませんよ」

永峰里美は、その瞬間に気分を害した様子だった。

「隠し事って、何のことです？　なぜ私が隠し事をしなければならないのですか？」

矢口がさらに言う。

「それについては、署まで来てもらって聞くこともできるんですよ」

安積は、速水に目配せをした。速水は、矢口に言った。

「ちょっと来い」

「何ですか……」

「いいから来るんだ」

速水は矢口を楽屋の外に連れ出した。

安積は、永峰里美に言った。

「失礼しました。今の捜査員の言動については深くお詫《わ》びいたします」

頭を下げた。

「私が容疑者ということなんですか？」

「決してそうではありません。ご協力に感謝します」

再び頭を下げて安積は、もう一度詫びと礼を言って楽屋を退出した。

廊下に出ると、速水が矢口に言っている言葉が聞こえた。

「どういうつもりだ。おまえはすべてをぶち壊しにするところだったんだぞ」

「ぶち壊しってどういうことですか？」

安積は、二人に言った。

「とにかく、ここを離れよう」

三人は、テレビ局を後にした。

矢口が質問を繰り返した。

「ぶち壊しってどういうことなんです？」

「係長はな、慎重に駒《こま》を進めていたんだ。それをおまえは無神経にも台無しにするところだったんだ」

「自分は、クルーザー殺人と新木場の殺人事件の間に何かの関《かか》わりがあると感じたんです。そして、永峰里美はその両方に絡んでいるんですよ」

「係長がそんなことに気づかないとでも思っているのか」

矢口が安積のほうを見た。

安積は、何も言わずに歩き出した。

13

車に戻り、安積は矢口に命じた。

「杉田香苗の連絡先を調べておいてくれ」

「わかりました」

素直な返事だ。それがかえって気になる。

速水が安積に尋ねた。

「次は、どこだ？」

「紫野丈一郎という弁護士のところだ」

「新木場のパーティーに出席予定だったが、欠席している。『オフィスガニメデ』の木田修もそうだったということだ。何か気になるな……」

「予断は禁物だ。とにかく、話を聞いてみよう」

安積は矢口に、紫野丈一郎の事務所の所在地を尋ねた。

一番町だという。乃木坂からそれほど遠くない。道が混《こ》んでいなければ十五分ほどで行けるだろう。

速水が車を出した。

安積は、今日まで知り得た人間関係を整理してみようと思った。

クルーザー内で殺害されていた加賀洋の友人として、三人が浮上した。

永峰里美、紫野丈一郎、そして木田修だ。

永峰里美は、木田修から招待され、香住昌利が殺害されたパーティーに出席していた。

だが、招待者だった木田修は欠席した。紫野丈一郎も出席予定だったが、欠席だった。

速水が言うとおり、彼らの行動は気になる。だが、有名人や金持ちは、ほとんど例外なくおそろしく多忙だ。

出席するつもりだったパーティーを欠席することなど、彼らにとっては珍しいことではないのかもしれない。

住所を頼りに車を走らせていたが、途中から矢口が道を指示するようになった。見ると、携帯電話を見ている。スマートフォンをカーナビ代わりに使っているようだ。

便利になったものだ。だが、住所の表示を見ながら建物を探すという苦労が懐かしくもある。そうした苦労が警察官としての勘を養うのだと、安積は思う。

スマートフォンやタブレットなど、世の中に便利なものがあふれるにつれ、個人の能力が衰えていくような気がする。最近の小学生はナイフで鉛筆を削ることもできないし、マッチでローソクに火をつけることもできないのだそうだ。

「着いたぞ。ここだ」

速水が言った。

「とにかく行ってみよう」

安積の言葉に続いて、速水が矢口に言った。

「やることはわかってるな」

「駐車場を探して車を停《と》めてくればいいんですね？」

「そういうことだ」

安積と速水は車を下りた。矢口が運転席に移動する。

ビルの中に向かうと、背後で車が発進する音がした。安積は速水に言った。

「矢口のやつ、やけに素直で気持ちが悪いな……」

「言うことを聞くのは当たり前のことだ」

「あいつは、その当たり前が通用しないやつだと思っていた」

「おまえが甘やかしていただけじゃないのか？　使い方さえ間違えなけりゃ、若いやつだってちゃんと言うことを聞くんだ」

「誰もがおまえのようにうまくやれるわけじゃない」

「考え過ぎなんだよ。年上のやつが、年下に用事を言いつけるのに、何の遠慮がいるんだ？」

「なかなか単純にそう割り切れるやつはいない」

「単純でいいんだよ」

事務所の前まで来た。ドアに「弁護士　紫野丈一郎事務所」と、わかりやすいゴシック体で書いてあった。

ノックしてドアを開ける。オフィスはひじょうに簡素だった。机が一つだけ置いてあり、そこに女性がいた。秘書だろう。彼女の机の前を通り過ぎると、さらにドアがある。その向こうに紫野の部屋があるに違いない。

安積は、三十代半ばと思《おぼ》しき女性に言った。

「紫野先生にお会いしたいのですが……」

「お約束ですか？」

「いえ、約束はしていません」

安積は警察手帳を出して名乗った。秘書らしい女性は、顔色一つ変えない。弁護士事務所で働いているのだから、刑事ごときに驚いていては仕事にならないのだろう。

「ご用件を承ります」

「加賀洋さんが殺害された事件を捜査しています。それについて、紫野先生のお話をうかがいたいのですが……」

「少々お待ちください」

彼女は席を立ち、奥のドアの向こう側に消えた。やはり、そこが紫野弁護士の部屋のようだ。

戻って来た女性は言った。

「少しだけなら時間が取れると申しております」

「ありがとうございます」

安積と速水は奥の部屋に進んだ。大きな机が窓を背にするように置かれている。弁護士は出入り口のほうを向いて座っていた。

安積たちが部屋に入って行くと、彼は立ち上がった。

背はそれほど高くないが、健康的で颯爽《さっそう》とした雰囲気の持ち主だ。日焼けしており、白い歯が印象的だ。

マリーナのクラブハウスで働く女性従業員は、連絡先を訊かれたと言っていたが、臆面《おくめん》もなくそういうことをしそうなタイプだと思った。

女性にもてることを自覚しているのだ。

「加賀さんの件の捜査だそうですね」

紫野が言った。「いや、驚きました。事故ではなく、殺人だということですが……?」

安積はうなずいた。

「我々はそう考えて捜査をしています」

「しかし、船で死ぬなんて、彼らしいといえば彼らしいが……」

「それはどういう意味ですか?」

「彼はクルーザーを気に入っていましたからね。もともと釣りが好きで自前の船を持つのが長年の夢だったんですよ」

「加賀さんとのお付き合いは、長かったのですか？」

「かれこれ、十年以上になりますかね……」

「正確なところはわかりませんか？」

「私も仕事柄、そういう質問が必要なことは理解しています。ですが、人間、なかなかそういうことを正確に覚えてはいられないものです」

「十年ほどの付き合いというのは、間違いありませんね？」

「私が独立して自分の弁護士事務所を構えたのが十一年前のことです。彼とは、それからしばらくして知り合ったと記憶しています」

「知り合われたきっかけは……？」

「彼がクライアントになったんです。元勤めていた事務所から紹介されました。駆け出しであまり仕事がないので、おこぼれを頂戴《ちょうだい》したということですね」

　まずいな、と安積は思った。

　個人的な関係ならいろいろと話を聞き出すことができる。だが、加賀が依頼主となると面倒だ。弁護士は守秘義務を楯《たて》にとって、詳しいことを話そうとはしないに違いない。

　紫野はふと気づいたように言った。

「ま、どうぞおかけください」

　机の前に置かれている応接セットを指し示した。柔らかい革を張った高級そうなソファがL字型に並んでいる。

た。

「失礼します」

安積が紫野の机の正面に腰を下ろすと、速水はそれと九十度の位置にゆったりとすわった。

そのとき、矢口が部屋に入ってきた。

速水は何も言わなかった。矢口は戸口に立っているしかなかった。速水は、それでいいと思っているのだろう。

安積も何も言わないことにした。質問を再開すべきだ。

「クライアントとおっしゃいましたが、加賀さんのどういった面で、面倒をみられていたのですか?」

「どういった面……?」

「つまり、仕事関係についてなのか、プライベートな件についてなのか……」

「両方です。顧問弁護士というのは、言ってみれば何でも屋ですよ」

「加賀さんは何かトラブルを抱えておいでてしたか?」

「こういうことは言いたくないんですけどね、弁護士には守秘義務があるので、そういう質問にはおこたえできないのですよ」

「顧問弁護士としてのお立場に抵触しない程度のおこたえでけっこうなんですが……」

「そうですね……。小さなトラブルはたくさん抱えていましたね。しかし、それは会社経営者なら誰でも抱えているようなものでした」

「つまり、殺人の動機となるようなトラブルではなかったということですか？」

紫野は苦笑を浮かべた。

「その質問にもおこたえできませんね」

「あなた自身と加賀さんの関係はどうでしたか？　何か問題になるようなことはありませんでしたか？」

「問題などありませんでしたね。仕事の上でもうまくいっていましたし、よくいっしょに釣りにも出かけました」

この話は、永峰里美の発言と矛盾していない。

「釣りには、加賀さんの船で出かけられたのですね？」

「そうです」

「ポエニクス号で間違いないですね？」

「ええ」

「釣りに出かけるときは、他の方もごいっしょでしたか？」

「そうですね。何人かで出かけることが多かったですね」

「他にはどなたが同行されましたか？」

「そういう質問にもこたえにくいですね」

「弁護士の守秘義務には抵触しないはずです」

紫野は、確認を取るような口調で言った。

「私が名前を出したことで、その方たちに迷惑がかかると困りますからね」

それを聞いた矢口が言った。

「隠し事をすると、あなた自身が弁護士を雇うはめになるんだよ」

速水が小さく舌打ちをするのが聞こえた。安積も同じ気持ちだった。

紫野が矢口に言った。

「それは、私が逮捕されるということですか？　それはあり得ませんね」

「どんな理由をつけたって引っぱることはできる。そして、叩《たた》けば必ず埃《ほこり》が出る」

紫野はかすかな笑みを浮かべた。

「あなたがもしそういう捜査をなさるのなら、裁判ですべての証拠を無効にしてみせますよ」

「そういうことを言っていられるのは、取調室に入るまでなんだよ」

速水が矢口のほうを見ずに言った。

「いいから、おまえは黙っていろ」

矢口がここで何か反論するなら面倒なことになる。安積はそう思った。聞き込みに来て、刑事同士が揉《も》めるところを人に見られたくはない。ましてや、今話を聞いている相手は弁護士だ。

だが、幸いなことに、矢口は口をつぐんだ。

安積が紫野に言った。

「失礼しました。今の彼の発言は忘れてください」

「本当に私が身柄拘束されることはあり得るのですか？」

安積は、この質問には慎重にこたえるべきだと思った。

「もし、犯罪に関わっているというのなら、拘束されることもあり得るでしょう。しかし、そうでない場合は、質問に対する回答を拒否することもできます。ましてや、身柄拘束されることなどあり得ません」

紫野はうなずいた。

「良識あるお言葉です。警察官が本当にその言葉どおりに捜査をしてくれれば、人権侵害もずいぶん減ると思います」

安積は、その言葉にはかまわずに、説明を続けた。

「しかし、もしあなたが殺人に何らかの形で関与しているという疑いがあれば、任意同行や出頭を求めることもありますし、その事実が明らかになれば、身柄を拘束されることはあり得ます」

「別に隠し事をしたいわけではありません。マスコミに名前が出るだけで、ダメージを被る人たちもいるのです。私は、そうした危険を避けなければならない立場にいるのです」

「弁護士のあなたが口を滑らせたばかりに、マスコミの取材攻勢を受けるはめにもなりかねないということですね？」

「今のマスコミはハイエナよりもひどい。モラルもなければマナーもない。抜いた抜かれたのことしか考えていないのです。人権もへったくれもない。そんな連中に餌を投げてやるわけにはいかないのです」

「テレビのワイドショーや週刊誌などのマスコミについては、私も同感ですね。つまり、マスコミの注目を集めるような人たちとごいっしょだったということですね？」

「そういう人も混じっていました」

「ご心配には及びません。あなたからその方たちのお名前をうかがったということが、外に洩《も》れることはありません」

紫野はちらりと、矢口のほうを見た。

気持ちはわかる。この刑事はだいじょうぶか、と訊きたいのだろう。あえてそれは無視することにして、安積はさらに言った。

「どういう方とごいっしょだったのか、お教え願えませんか？」

「よくいっしょに釣りに出かけたのは、『オフィスガニメデ』というネット関係の会社を経営している木田修さんです」

「その他に、ポエニクス号でいっしょになった方はいらっしゃいませんか？」

「女子アナの永峰里美さんも、何度かいっしょに乗りましたね。おわかりでしょう？　木田さんも、その世界ではそれなりに注目を集めている人物ですし、永峰さんはテレビの人気者です。マスコミの恰好の餌食《えじき》になるんですよ」

紫野の言葉で、永峰里美が言ったことの確認が取れた。問題は、この先だ。

「加賀さんは、月曜日の未明に殺害されたものと見られています。同じ頃、新木場で開かれていたパーティー会場で、変死体が見つかりました。毒物による死亡です。殺人事件として捜査中です」

「ニュースで見ましたよ。臨海署さんもたいへんですね。同時に二件の殺人事件を抱えるとは……」

聞き込みをしていて同情されたのは初めてだ。弁護士だけあって、警察の事情にも詳しいのだ。

「被害者は、自称ネットトレーダーの香住昌利さんでした。彼をご存じでしたか？」

紫野はきょとんとした顔になった。

「私が、その被害者を……？　どうしてそんなことを訊くんです？　加賀が殺されたのとは、全く別の事件でしょう？」

「別の事件です」

安積は、そうこたえた。「しかし、同じ日の同じくらいの時間に殺害されたということは無視できません。それに、あなたは、その新木場のパーティーに出席される予定だったそうですね？」

「誰からそんなことを聞いたんですか？」

「それをここで話したら、私たちの信用がなくなります」

紫野は、安積の言葉についてしばらく考えている様子だった。

「確かにそうかもしれません」

「パーティーに出席予定でしたが、結局欠席された。そうですね?」

紫野はうなずいた。別に訊かれたくないことを質問されたという感じではなかった。

「ええ、そのとおりです。急用ができましてね……。出席したかったのですが……。しかし、今となっては出席しなくてよかったと思っています」

「それはなぜです?」

「だって、殺人の現場となったわけでしょう? 誰だってそんなところに居合わせたくはないでしょう」

まあ、それが通常の感覚かもしれない。

「予定をキャンセルされたのは、なぜですか?」

「仕事が入ったからです」

「そのお仕事というのは……?」

「それも守秘義務があるのでお話しできませんね」

「釣り仲間の木田修さんも、出席予定でしたが、欠席をされたということですが、それについては何かご存じですか?」

紫野の印象が少し変わった。油断のない眼差《まなざ》しになった。

「それについても、守秘義務があるので、お話しできません」

「つまり、こういうことですか?」

安積は考えながら質問した。「あなたと木田さんがパーティーを欠席されたのは、偶然ではなかったということですね」

紫野は徐々に苦い顔になっていった。

「それについてもノーコメントです」

つまり否定しないということだ。

「二人の共通の用事でパーティーを欠席せざるを得なかったと考えてよろしいのでしょうか？」

「ノーコメントです」

彼の口からは言えないということだ。だが、認めたも同じことだ。彼は充分に協力的なのだ。

「加賀さんは、そのパーティーに招待はされなかったのでしょうか？」

「加賀ですか？　招待されていたと思いますが、船を出すことを優先したんじゃないですか？」

「何のために……？」

「知りません。時間ができたからじゃないですか？　彼も異常なくらいに多忙な人でしたからね。自由になる時間は限られていたはずです。パーティーを取るか船を取るかを迫られたら、彼は船を取ったかもしれません」

「台風が迫っていたんですよ」

「嵐になる前に戻って来るつもりだったのかもしれない。船の操縦には自信を持っていましたから」

安積は、紫野の言ったことについて、しばらく考えてみた。それほど不自然とは思えなかった。

「船室に鍵がかかることはご存じでしたか?」

「ああ、当然鍵はかかるでしょうね。キャビンに貴重品は置きっぱなしにはしないでしょうが、いくつか私物は置いておくことがありますから……」

「その鍵を持っているのは、加賀さんだけですか?」

「ええ、私が知っている限りは、彼だけですね」

鍵を誰が持っているか。その事実自体はそれほど重要ではない。安積は、鍵のことを質問されたときの紫野の反応を見たかったのだ。

まったく平静に見えた。

「加賀さんと香住さんは、面識はありでしたか?」

「ちょっと待ってください」

紫野はちょっと慌てたような様子を見せた。「それは、二つの殺人事件の被害者同士が知り合いだったかどうかという質問ですね?」

「そういうことになります」

「たしかに二人は知り合いだったと思います。日曜日の新木場のパーティーのような催しは、けっこう開かれていて、二人はそういうものにけっこう参加していましたから……」

　そろそろ引き時だと、安積は思った。被疑者の取り調べではないのだ。あまり突っこんだことを質問すると、かえって警戒されてしまう。

　速水を見た。彼は、安積のほうを見ずに、かすかにうなずいた。彼も同じように感じているようだ。

　捜査経験はないはずだが、捜査感覚は優れている。速水はまったくあなどれない。

　安積が礼を言って立ち上がると、速水も立ち上がった。

　紫野は、注意深い眼差しで安積たちを見ていた。

14

ビルを出ると、速水は矢口に命じた。

「車を持ってこい」

矢口は、何も言わずにどこかに歩き去った。

「次はどこに行く?」

速水が尋ねた。

「順番としては、木田修のところだろうな」

「『オフィスガニメデ』か……」

珍しくちょっと沈んだ表情になった。

「そうか、そこにはおまえをパーティーに招待した若いのがいるんだったな。何という名前だっけ?」

「新藤秀夫だ。新藤にも話を聞くのか?」

そう訊かれて、安積は考えた。

「おまえをパーティーに招待したというだけで、特に話を聞く理由はないな……」

「そうか」

速水はそう言っただけだった。

覆面パトカーが目の前にやってきて停まった。運転席から矢口が下りてくる。速水は、無言で運転席に向かった。その態度がちょっと気になった。

全員が車に乗り込むと、速水は言った。

「『オフィスガニメデ』はどこだ？」

矢口が即座にこたえる。

「六本木ヒルズにあります」

速水が車を出した。何も言わない。何かを考えている様子だ。

速水が何も言わないのなら、俺が矢口にひとこと言っておかなければならないと、安積は思った。

「話を聞くときは、相手と信頼関係を築くことも大切なんだ。それはけっこうデリケートな作業だ。それをぶち壊すようなことはやめてくれ」

「デリケートですって？」

矢口が言った。「そんなに気を使う必要がどこにあるんです。我々は捜査する権限を与えられているんです」

速水に黙っていろと言われたので、腹を立てている様子だ。

「権限の問題ではない。他人との関係をどう構築するかという問題だ」

「所轄だからそんな弱気なことを言うのですね。だったら、捜査一課の自分が質問をしますよ」

どう言えばわかってもらえるのだろう。安積は、うんざりした気分になってきた。こいつを今さら教育するなんてことは、所詮《しょせん》無理なのかもしれない。

安積がそう思ったとき、速水が言った。

「弱い犬ほどきゃんきゃん吠えるもんだ」

「何ですか、それ……」

矢口は鼻で笑おうとした。だが、うまくいかなかったようだ。腹を立てているせいだろう。

速水はさらに言った。

「そんなにびびるなよ。誰もおまえを取って食おうなんて思ってないからな」

「びびってるのはどっちですか」

「おまえは怯《おび》えている。だから虚勢を張ってるんだ。そんなに怖がらなくてもだいじょうぶだ。ただ話を聞くだけなんだ」

矢口は反論しなかった。

安積は驚いていた。

矢口が怯えているなんて、考えたこともなかった。だが、図星だったようだ。彼がことさらに権威にこだわり、居丈高な態度を取ろうとするのは、相手に対する恐怖が理由だったのかもしれない。

喧嘩《けんか》のときに、落ち着いているやつは油断できない。逆に虚勢や見栄を張るやつは弱い。速水はそれを体で知っているのだ。

矢口が言った。

「自分が怖がっているはずありません。捜査には自信がありますからね」

「理屈には自信があるだろう。だが、人間を相手にするのが怖いんだ。だから言ってるんだ。そんなに心配することはない。おまえを攻撃しようなんて思っているやつは、そんなにはいないんだ。安積係長だって、何かあればおまえを助けようと思っている。それを忘れるな」

矢口は何も言わなかった。

安積は、矢口のエリート意識を気にしていた。だが、彼は鎧《よろい》を着ていたに過ぎないのだということに、今初めて気がついた。

エリート意識を鎧としてまとい、自分を強そうに見せる必要があったのだ。その鎧の中には、他人を恐れ、怯えている本当の姿が隠れていた。

さすがに速水だ、と安積は思った。

速水がいなければ、矢口をちゃんと理解できなかっただろう。彼の怯えを感じ取れず、腹を立てて放《ほう》り出していたかもしれない。

後輩や部下を見る眼《め》というのは、こういうものでなくてはならないと、安積は反省した。

つまり、大人の眼だ。

自分も含めて、今の世の中には大人の視線が不足している。つくづくそう思った。

「この人間の動線を無視したばかでかいビルは、いったい何だ？」

速水は、現地に到着して駐車場を出ると顔をしかめた。安積も同感だった。

「再開発というと、こういうものを作りたがる。お台場もそうだし、横浜のみなとみらいも似たようなものだ。人が暮らし、自然に行き来するところに村が生まれ、町が生まれる。こういう施設は、人の暮らしを無視している」

速水と安積の尻馬《しりうま》に乗る形で、矢口が言った。

「再開発をする担当者は、人を消費者としか見ていませんからね。いかに集客して金を巻き上げるかしか考えていない。でも、面白いことに、そういう場所ってリピーターが少ないから、結局すたれていくんです」

つい先ほどまでなら、この皮肉な物言いを、生意気だと感じたはずだ。だが、今はそうではない。彼の批判精神は無視できないと思える。

人を理解するというのは、本当に不思議なものだ。

速水が矢口に言った。

「他人を金儲《かねもう》けの対象としか見られないようなやつに土地を預けると、こういうことになる。つまり、失敗するんだ。第一、土地は本来特定の人間が独占するものじゃない」

安積は矢口に尋ねた。

「若い人たちは、こういうところが好きなんじゃないのか？　映画館や美術館もある。おしゃれなレストランもある」

矢口は顔をしかめた。

「高いテナント料を払っているレストランなんて、所詮ろくなもんじゃありません。安くてうまい店を見つけることが自分らにとって価値があるんです。つまり、コストパフォーマンスが重要なんです」

「なるほど、訊いてみるもんだな」

オフィスビルの中は、高級感にあふれていた。照明は抑えめで、壁や廊下の色も落ち着いている。

『オフィスガニメデ』は、ワンフロアを独占していた。すべてのデスクが衝立《ついたて》で仕切られていて、アメリカのドラマで見たオフィスのようだった。

受付に行くと、ファッション雑誌から抜け出てきたような受付嬢がほほえみかけてきた。なるほど、テレビ局が一般人に対して権威による壁を作るように、こうした企業は高級感によって壁を作っているようだ。

安積は、受付嬢に警察手帳を提示して言った。

「警視庁東京湾臨海署の安積といいます。木田修さんにお会いしたいのですが……」

あえて木田の肩書きを言わなかった。

「お約束ですか？」

この言葉こそ、お約束だ。どの企業を訪ねても必ず訊かれる。

「いえ、約束はありません。殺人の捜査をしておりまして、ちょっとお話をうかがいたいのですが……」

「お待ちください」

彼女は、弁護士事務所の女性のように表情を変えなかった。そういう訓練を受けているのだろう。

結局、三分後には社長室に通されていた。

広くて豪華な社長室には、Tシャツに短パン姿の中年男がおり、電話をかけていた。

四十代だろうが、安積より若そうだった。にもかかわらず、かなり腹が出ていた。二重顎《あご》だ。

男は、電話を掛けながら、ソファを指し示した。

安積は座って電話が終わるのを待つことにした。紫野の事務所とは対照的な近代的なデザインのソファだが、座り心地は悪くなかった。

電話を終えると、二重顎の男はデスクの向こうに座ったまま言った。

「木田です。警察ですって？」

「安積といいます。加賀さんの件でお話をうかがおうと思いまして……」

「時間は十分しか取れない。訊きたいことって何です？」

木田修は、見るからにせっかちそうな男だった。生まれつきそうなのか、多忙のせいでそうなったのかはわからない。多分前者だろうと、安積は思った。

「加賀さんとは親しくされていたそうですね？」

「ええ、たまに飲みにでかけましたし、釣りにも行きました。彼の船でね」

「ポエニクス号ですね？」

「そうです」

「船に乗られるときは、他にどんな方がいらっしゃいましたか？」

「紫野という弁護士といっしょのことが多かったですね。紫野は加賀の顧問弁護士だったけど、個人的にも親しかった」

「その他は……？」

「そうだな……。フリーキャスターの永峰里美って知ってますか？　彼女が何度かいっしょに船に乗ったことがあります」

「その他には……？」

「俺の記憶では、その二人くらいですかね……」

「紫野さんやあなたも船の操縦はできるのですか？」

「紫野さんはどうか知らないけど、俺はいちおう船舶免許を持ってますよ。俺もいつかは加賀さんみたいに船を持ちたいと思ってますからね」

「加賀さんとは同じＩＴ関連の会社ですね？　いわばライバル関係なわけですが、対立したことはなかったのですか?」

「同じITといっても、いろいろありましてね……。加賀さんは、ポータルサイトを中心に、オークションや物販の仲介をする仕事が中心でしたが、俺の場合、ゲームとかに重点を置いてますからね。ぶつかったりはしません」

「それでも競合する部分というのは出てくるもんじゃないですか?」

「一つのパイを分け合おうとするから、競合という発想になるんです。ITというのはね、協力して需要を作り出していかなければならないんです。パイの取り合いをしている場合じゃないんですよ」

表現はかなり違うが、永峰里美が言っていたこととほぼ同じと考えていいだろう。

「加賀さんが殺害されたのは、月曜日の未明のことと見られていますが、同じ頃に新木場のクラブでパーティーがあって、そこでも殺人がありました」

「知ってる。香住が殺されたんでしょう?」

「香住さんのことはご存じでしたか?」

「何度か同じようなパーティーや飲み会で顔を合わせたことがありましたからね」

「あなたはあのパーティーに永峰里美さんをお誘いになったそうですね?」

「驚いたな。警察はそんなことまで調べるんですか? たしかに誘いました」

「でも、あなたは欠席された。それはなぜです?」

木田は苦笑した。

「あの台風ですよ。パーティーに出かけて行く気になれませんでした」

「仕事ではなかったのですね？」

「そのへんは微妙ですね……」

「どういうことです？」

「紫野もあのパーティーに出席する予定だったんです。連絡を取ってみると、彼も台風の真っ最中にパーティーなんかに行きたくないということでした。だったら、ちょっと飯を食おうということになって、二人で行きつけの鮨屋《すしや》に行きました」

「台風が嫌でパーティーを欠席したのに、鮨屋に出かけたというのですか？」

「待ち合わせたときは、まだそれほど風雨も強くなかったんです。パーティーとなると、長丁場になって帰るタイミングを逸する恐れがあります。行きつけの鮨屋は、会社のそばですから気が楽でした。まあ、天候が荒れる前に引きあげるつもりでしたし……」

「夕食を食べながら、紫野さんと何か打ち合わせをしたということですか？」

「ネットゲームなんかやっていると、いろいろと法律に触れそうになるんですよ。それを細かく打ち合わせしていたわけです」

「紫野さんには、普段からそういう相談をされていたのですか？」

「ええ、知り合いの弁護士というのは便利なものです」

紫野と木田が仕事の話をしていたという確認が取れた。

「加賀さんと香住さんは、面識があったのでしょうか？」

「あったと思いますよ。ただ、どの程度の付き合いだったかは、俺は知りません」

安積はうなずいてから、速水を見た。速水が言った。

「新藤秀夫がここで働いているそうだな?」

木田が初めて不安そうな顔になった。

「ええ、私の秘書の一人ですが、それが何か……?」

「新藤から招待状をもらって、俺もあのパーティーに出席していたもんでね……」

木田の顔はぱっと晴れやかになった。

「あ、速水さんですね? 新藤からお話はうかがっています。昔、新藤がずいぶんお世話になったとか……」

「新藤は……、いや御社の社員なので、新藤さんと言うべきか……。彼は、どうして俺を招待してくれたんだろう?」

妙な質問だ。安積は速水の顔を見たくなった。だが、質問する側の動揺を木田に見られたくないので、それを我慢した。

木田が怪訝《けげん》な顔になった。

「どうしてって……、新藤は速水さんに感謝していましたから、お礼のつもりじゃないですかね?」

「あんたに招待状を回してもらったと言っていたんだが……」

「ええ、そうです。何人か招待枠を持っていましたから……」

「俺がパーティーに参加することを、あんたは知っていたのかい？」

「ええ。新藤があなたを招待したいと言っていましたから……」

速水は、うなずいた。

何を確認したかったのだろう。そんなことを考えていると、木田が言った。

「さて、約束の十分が過ぎました。なにしろ、分単位でスケジュールが決まっているので、これ以上は無理なんですが……」

安積は、うなずいた。

「ご協力ありがとうございました」

社長室を出た。廊下で、黒い背広に臙脂《えんじ》のネクタイという若者が待っていた。

「やっぱり速水さんでしたね。警察の人が来てると聞いたので、ひょっとしたらそうじゃないかと思って……」

「新藤……」

「速水さんが、殺人の捜査をしているんですか？」

「いや、俺はただの運転手だ。捜査をしているのはこの二人だ」

安積は会釈をした。

「安積です。こちらは矢口」

新藤は、折り目正しい社員に見える。速水に対する態度にも屈託がない。

速水が安積に言った。

「ついでだ、彼にも話を聞いて行かないか?」

何を言い出すのかと思った。安積は、クルーザー殺人の捜査をしているのであって、新木場の毒殺を捜査しているのではない。

だが、と安積は考えた。

速水の言うことには従っておいたほうがいい。安積は、矢口に言った。

「どう思う?」

矢口は驚いたように言った。

「自分の考えなんてどうだっていいでしょう」

「いや、意見を聞きたい」

「係長にお任せしますよ」

安積は速水に言った。

「世間話でもしていくか」

速水が黙ってうなずいた。

15

安積は、出入り口近くで、立ったまま新藤秀夫に話を聞くことにした。それほど長話にはならないと思ったのだ。

「速水とは長い付き合いだそうですね?」

安積は聞き込みなどのとき、相手がはるかに年下でも、たいていは丁寧語で話す。特にそう心がけているわけではない。それが習慣なのだ。

新藤は笑顔でこたえた。

「ええ、ずいぶんとお世話になりました」

「暴走族にいたそうですね?」

「はい。若気の至り、っていうんですかね……。ずいぶん無茶をやりました」

「速水とはその頃からの知り合いということですね?」

「そうです。昔はずいぶん追っかけられました」

「新木場のクラブでのパーティーに、速水を招待したのは、あなたですね?」

「……というか、社長が速水さんを招待したらどうか、と言ってくれまして……。招待状をくれたんです」

木田の発言とちょっとニュアンスが違うような気がした。

「木田さんが……？　木田さんは速水のことをご存じだったのですか？」

木田は、そんなそぶりを見せなかった。

「今日が初対面のはずです。ここに就職するに当たり、保証人になるという書類を書いてもらいました。社長には速水さんのことを、何度か話したことがあります」

安積は、速水を見た。速水はかすかにうなずいた。新藤の言うことに間違いはないという意味だ。

「殺人があったのはご存じですね？」

新藤は、目を大きく見開き言った。

「びっくりしました。あんなことが本当にあるんですね」

「被害者は、香住昌利さんという方ですが、面識はありましたか？」

「自分が、ですか？　いいえ、まったく知らない人です」

「ああいうパーティーの常連だったようですが……」

「ああいうパーティー？」

「木田社長がよく出席されているパーティーです。有名人が集まるような……」

「自分は、たいてい外の車の中で待っていますから、パーティーや飲み会にどんな人が来ているかなんて、知りませんよ」

「だが、一昨日のパーティーには出席されたのですね？」

「ええ、台風でしたからね。社長は出席しないことになりましたが、速水さんをご招待してましたので、社長が自分に出席しろと言ってくれたんです」

「速水のことを知っているのは、あなただけでしたか？」

「速水さんのことを……？」

「ええ、パーティーの出席者の中で……」

新藤は、少しの間考えてから言った。

「そうだったと思います。でも、それは、速水さんにお尋ねになったほうがいいんじゃないですか？」

同じことを複数の人に尋ねて、矛盾点がないかどうかを判断するのだ。だが、そんなことをここで説明する必要はない。

安積はただうなずいただけで、次の質問をした。

「パーティーの最中に、何か不自然なことはありませんでしたか？」

「それ、別の刑事さんにも訊かれましたけど、特に気づきませんでした」

当然、向こうの捜査本部の刑事が尋ねたはずだ。パーティー会場で出席者の話を聞き、それができない場合は、連絡先を押さえて、後から訪ねたはずだ。

安積は、自問した。

俺は何をやっているのだろう。新木場の殺人の担当ではない。あくまでも、クルーザー殺人事件の担当なのだ。

だが、新藤に話を聞くと、どうしてもそういう質問をしてしまう。

「会場で、速水と話をしましたか?」

「ええ、他に親しい人もいないし……」

「彼に飲み物を運んでやったりしましたか?」

新藤は怪訝な顔をした。質問の意図がわからないのだろう。当然だ。わからないように質問したのだ。

「ええ、何度か運ばせてもらいました」

安積は、矢口に尋ねた。

「何か質問したいことはあるか?」

矢口が、新藤に言った。

「あなた、加賀洋さんをご存じですか?」

この質問に、安積は驚いた。

内容ももちろんだが、さきほどとは口調が変わっていた。

新藤は、神妙な表情になった。

「ええ、知っています。『サイバーセサミ』社の社長ですね。いや、でした、というべきでしょうか。ニュースサイトで見て驚きました」

「会ったことは?」

「社長が親しくしておりましたので、何度かお会いしたことがありました」

「プライベートでも？」

「ええ。飲みに行かれるときに、社長を車で送ることもありましたので……」

矢口はさらに尋ねた。

「パーティー会場で、速水以外に誰か知っている人に会いましたか？」

「速水」と呼び捨てにしたが、この場合、速水は身内なので正しい。もちろん、速水もそのことは心得ているだろう。

新藤がこたえた。

「永峰里美さんにお会いしました。アナウンサーの……。永峰さんも、社長と親しくされているので、面識がありました」

矢口が安積のほうを見て言った。

「質問は以上です」

安積は、新藤に礼を言って引きあげることにした。


車に乗り込むと、速水が矢口に言った。

「たいしたもんじゃないか。あそこで、新藤に加賀洋のことを質問するなんて……」

矢口は平然とこたえた。

「二つの事件が関連している可能性があるわけですよね。そう考えたら、当然思いつく質問です」

「その口ぶりはかわいげがないが、あそこであの質問をしたのは立派だった。さすがに捜査一課だよ」

「そう言っていただいて光栄ですよ」

矢口の返事は、速水が言うとおりかわいげがない。だが、まんざらではない様子だ。

なるほど、叱るときは叱る。そして、ほめるときは、ちゃんとほめる。それが大切なのだと、安積は思った。この呼吸は、なかなか学べるものではない。

速水は、場数を踏んでいるのだ。

矢口の口調が、徐々にとげとげしくなくなってきたような気がする。質問するときの、相手への威圧的な態度もなくなった。

速水の教育の効果は、驚くほど早く現れていた。

速水が安積に尋ねた。

「次はどこだ？」

「さっき、永峰里美が言っていた、女子アナだ」

矢口が言う。

「杉田香苗ですね。事務所はこの近くです」

安積は驚いて言った。

「いつの間に調べたんだ？」

「さっき調べておけと言われましたからね」

「だが、ずっと俺たちといっしょだったじゃないか」

「今は、スマホがあれば、たいていのことがわかります」

「なるほど……。じゃあ、そこに向かおう」

矢口はもともと有能な刑事なのだ。捜査一課に引っぱられたのだから当然と言えば当然だ。

今まで、その有能さを誇示しようとして、空回りしていたのだろう。速水が言うように、他人を恐れ、緊張していたために、鎧《よろい》をまとっていたのだ。

その鎧を脱いで、素の姿になったとき、彼の本来の有能さが発揮されはじめたというわけだ。

杉田香苗が所属する芸能事務所は、六本木交差点から乃木坂陸橋に向かう途中にあった。かつて、龍土《りゅうど》町と呼ばれたあたりだ。ビルの七階にある。

「車を駐車場に入れてきます」

矢口が言った。すっかり毒気を抜かれた様子だ。

速水が無言でうなずいた。

それからはいつもの段取りだった。事務所を訪ねたが、杉田本人はいない。居場所を尋ねると、今日はオフで自宅にいるはずだという。自宅の住所を訊いた。代々木上原で両親とともに住んでいるということだった。

あらかじめ、事務所に電話をかければ、時間の節約にはなるだろう。だが、予告して行けばそれだけ相手に準備する時間を与えてしまうことになる。

だから、刑事は突然訪ねていくのだ。

「ここだな……」

速水が、一軒家の前に車を停《と》めて言った。住宅街の中にある二階建ての立派な家屋だった。両親は金持ちに違いない。

速水が言った。

「このあたりは、駐停車禁止じゃない。ここに車を置いていこう」

インターホンを押すとチャイムが鳴り、しばらくして年配の女性の声で返事があった。

「はい、どちら様?」

「警視庁の安積といいます。杉田香苗さんにお話をうかがいたいのですが……」

「警察……」

訝《いぶか》るような口調だ。刑事が訪ねていくと、相手はたいていい似たような反応をする。

「はい。香苗さんはご在宅ですか?」

「ちょっとお待ちください」

しばらく待たされた。

インターホンから返事はなく、代わりに玄関のドアが開いた。Tシャツにショートパンツ姿の女性が顔を出した。化粧っけがないが、目鼻立ちがしっかりしていて見栄えがする顔だ。

安積は尋ねた。

「杉田香苗さんですか？」

「そうですが……。警察ですって？」

安積は手帳を出して、バッジと身分証を提示した。

「加賀洋さんをご存じでしたね？」

「ええ……。亡くなったそうですね。ニュースで見て驚きました」

「それに関連して、二、三質問をしたいのですが……」

杉田香苗が言った。

「ここじゃ暑いでしょう。中へどうぞ」

言われて気づいた。午後五時を過ぎて日は傾いているが、まだ気温はいっこうに下がる気配がない。背中を汗がつたっていた。

リビングルームに通された。冷房が効いていて救われた気分だった。

年老いた男女がいた。杉田香苗の両親だろう。最初にインターホンで応じたのは、母親に違いない。

彼らは、安積たちの姿を見ると、ソファから立ち上がり、どこか別の部屋に消えていった。気を使ったらしい。あるいは陰で、何事かと聞き耳を立てているのかもしれない。

安積と速水がソファに座る。矢口は入り口近くに立ったままだった。速水が矢口に言った。

「落ち着かないから、おまえも座れ」

矢口は、言われるままに、空いている場所に腰を下ろした。ソファは、L字型に置かれており、杉田香苗と安積たちは、九十度の角度で座っている。

安積が言った。

「永峰里美さんが加賀さんとお会いになるときに、ごいっしょされたということですが……？」

杉田香苗は、かすかに笑った。その笑いの意味が気になった。

「私は刺身のツマでしたけどね……」

「刺身のツマ……」

「加賀さんの目的は、里美さんでしたからね。二人っきりで会いたくないというので付き合いましたけど……。まあ、一流レストランでおいしい料理と高いワインをごちそうになったので、満足でしたけどね」

「加賀さんの目的は、永峰里美さんだった……」

「加賀さんだけじゃなくて、加賀さんのお友達もそう。みんな、里美さんを落とそうと必死だったみたい」

「加賀さんのお友達というのは？」

「弁護士の紫野さんと、木田さんという方です。木田さんは、加賀さんと同じようなお仕事をされていると聞いてます」

　さばさばした口調だ。

　おそらくプライドが高いタイプだと、安積は思った。フリーのアナウンサーなどをやっていれば、当然そうなるのだろう。あるいは、そういう性格だから、その職業がつとまっているのかもしれない。

「加賀さんにお会いになったのは、その時だけですか？」

「加賀さんの船で、船上パーティーをやったことがありました」

「そのときの顔ぶれは？」

「加賀さんと紫野さん、木田さん、里美さんに私の五人でした」

「三人の男性は、みんな永峰さんにご執心だったというのは、あなたの考え過ぎじゃないのですか？」

　杉田香苗は、また意味ありげな笑みを浮かべた。

「誰が見たって、一目瞭然《りょうぜん》でしたよ。まるで、かぐや姫みたいでした」

「かぐや姫……？」

「五人の身分の高い男性に言い寄られ、無理難題をふっかけたって話、ご存じですよね？」

「もちろん知ってます」

　安積がこたえると、矢口が口を挟んだ。

「石作皇子《いしつくりのみこ》、車持皇子《くらもちのみこ》、右大臣阿倍御主人《うだいじんあべのみうし》、大納言大伴御行《だいなごんおおとものみゆき》、中納言石上麻呂《ちゅうなごんいそのかみのまろ》の五人ですね」

杉田香苗は、左の眉《まゆ》を上げた。驚きの表情なのだろう。安積も驚いていた。

彼女は言った。

「なかなか博識なんですね」

「大学時代に日本の中世文学が専門でした。『竹取物語』は、日本最古の物語といわれています。後にさまざまな文献に引用されました」

驚いている場合ではない。安積は、杉田香苗に尋ねた。

「つまり、永峰さんは、三人の男性に求婚されていて、それがかぐや姫のようだったということですね？」

「まだ求婚という段階じゃないですね。三人とも彼女と付き合いたいと思っていたということです。二人はＩＴ長者、一人は弁護士……。一般の女性からすれば、贅沢《ぜいたく》な話ですよね」

贅沢かどうかはわからなかった。付き合う相手が金持ちだから幸せになれるとは限らない。

だが、金はないよりあったほうがいい、というのも事実だ。諍《いさか》いの多くは金で起きる。

「加賀さんが独身だったというのは確認していますが、他の二人もそうだったんですか？」

「ええ。たしか、木田さんはバツイチですけど、二人とも今は独身のはずです」

「永峰さんは、三人に対してどういう気持ちでいらしたのでしょう？」

「さあ、本人に訊いてみたらどうですか？」

「こういうことは、本人に訊いても、なかなか本当のことがわからないと思います」

杉田香苗は、さっと肩をすくめた。

「遊び相手にはいいと考えていたんじゃないかしら」

「遊び相手ですか……」

「本気で付き合おうとは思っていなかったと思いますよ。それでも、誘われれば出かけて行く」

そうした口調からすると、杉田香苗は、永峰里美に対して、あまりいい感情を抱いていないように感じられる。ひがみかもしれない。

「加賀さんたち三人が、永峰さんを巡って仲違《なかたが》いをするようなことはありませんでしたか？」

「いっそ、仲違いをしたほうがすっきりしたと思いますね」

「どういうことでしょう？」

「三人は親しく付き合っていましたが、本当に心を許した友人同士という感じではなかったように思います。だから、互いに本音をぶつけ合えない。嫉妬《しっと》をしたり、悔しい思いをしても、それを相手にぶつけられないんです。表面上はみんなにこにこしてるんです。そういうのって、感情が内側でくすぶるじゃないですか」

「実際に険悪な雰囲気を感じたことがありましたか？」

「いいえ、彼らはみんな仮面をかぶっていますからね」

「仮面……？」

「私が彼らと会うときには、必ず里美さんがいっしょですからね。里美さんの前では、みんな自我をひっこめて、いいところを見せようとするんです。寛容で包容力のある男性を演じようとするんですよ」

言葉の内容はなかなか辛辣《しんらつ》だが、口調や表情でそれを感じさせない。付き合ってみたら案外、永峰里美より面白い女性かもしれないと、安積は密《ひそ》かに思っていた。

「では、具体的に彼らが仲違いをしていたというわけではないのですね？」

彼女は、しばらく考えてからこたえた。

「そうですね。実際に彼らが喧嘩しているのを見たことはありませんね」

安積はうなずいた。

そして、まず矢口に尋ねた。

「何か訊きたいことは？」

「いえ、ありません」

それから速水に尋ねた。

「おまえは？」

速水は、無言で首を横に振った。

「ご協力ありがとうございました」

安積は、杉田香苗に言った。「またお話をうかがいに来るかもしれません。そのときは、よろしくお願いします」

安積が名刺を差し出すと、杉田香苗が立ち上がり、自分の名刺を持って戻って来た。

「携帯電話のほうが連絡が取りやすいと思います」

自分から刑事に連絡先を教えてくれる相手は少ない。ましてや、女性ならなおさらだ。

安積は、ありがたく受け取った。

16

東京湾臨海署別館に戻ると、速水が言った。

「じゃあ、俺はこれで消える」

安積はこたえた。

「車があって助かった」

「じゃあ、また明日」

「ちょっと待て、明日も捜査に付き合うということか?」

「いけないか?」

「自分の仕事があるだろう?」

「言っただろう。今日は当番だ。つまり、明日は明け番なんだよ」

「当番明けなら、帰って休んだほうがいい」

速水は不敵な笑いをうかべる。

「そのへんのやつらとは、鍛え方が違うんだよ」

正直言って、明日また速水が付き合ってくれるのはありがたい。何より車が使える。そして、この際、矢口をしっかり教育してもらいたい。

今日一日で、これまで気がつかなかった矢口の素顔が見えてきたように思える。それも速水のおかげだ。

「明朝は九時から捜査会議だ。十時頃にはでかけると思う」

「わかった」

安積たちが下りると、車はすぐに発進した。

捜査本部に戻るとすぐに矢口は、また佐治係長のもとに行った。そういう行動はなかなか変わらないものだ。何事か報告している。

安積は、池谷管理官に近づき、聞き込みの結果を報告しようとした。安積が話しはじめる前に、池谷管理官が言った。

「交機隊の速水といっしょに行動していたんだって?」

嘘をついてもしかたがない。

「はい、彼が車を都合してくれました」

池谷管理官がしかめ面をした。

「向こうの捜査本部の管理官から事情を聞いてほしいと言われた」

「事情……?」

「速水は監視されているんだよ」

たしか、榊原課長がそんなことを言っていた。速水は泳がされているのだ。

「つまり、速水といっしょに動いていたわれわれも監視されていたということですね」

「そういうことになるな……。どうして聞き込みに交機隊の小隊長を同行させたりしたんだ？」

「管理官は速水が犯人だと思いますか？」

「さあ、どうだかな……」

「疑っているということですか？」

池谷管理官は、さらにしかめ面になった。

「現職の警察官が殺人犯だなんて思いたくない。だがな、現に速水小隊長は、パーティーに出席していたんだし、被害者が毒物を飲んだと思われるグラスに、彼の指紋が付着していたのは事実なんだ」

「しかし、逮捕されたわけじゃありません。事情を聞かれただけでしょう？」

「あっちの捜査本部では、完全に疑いが晴れたわけじゃないと言っている」

安積は、ちょっと間を取って言った。

「あいつは、腹を立てていますよ」

「それがどうした？」

「速水を怒らせたやつは無事には済まないということです」

「何を言ってるんだ」

「事実ですよ。管理官は、速水のことをよくご存じないのです」

「交機隊の小隊長だろう。そして、セレブが集まるパーティーにのこのこと出かけていって、殺人の疑いをかけられた間抜けだ」

それを速水に直接言ってみるといい。

安積はそう思ったが、言わずにおくことにした。

「速水が私と行動を共にするのは、自分の疑いを晴らしたいからじゃないかと思います」

「おい、速水は捜査員じゃないんだ」

「ならば、こちらの捜査本部に吸い上げてはいかがでしょう」

池谷管理官は目をむいた。

「そんなことができるか。彼は、新木場の件の参考人なんだ」

「法的には、参考人には何の制限もないはずです」

「向こうの捜査本部に喧嘩を売るようなもんだ。それにだな、速水は自分の疑いを晴らしたいと言ったが、それは妙な話だ。我々は、クルーザー殺人の捜査をしているんだ」

「新木場の件と、クルーザーの件の間に、関連が見えてきたように思います」

池谷管理官は、眉をひそめた。

「ちょっと待て、それはどういうことだ？」

安積は、聞き込みでわかったことを報告した。池谷管理官はじっと話を聞いている。聞き終わると、管理官は言った。

「整理させてくれ。クルーザー殺人の被害者である加賀洋が親しくしていた永峰里美は新木場のパーティーに出席していた。さらに、友人だった弁護士の紫野と、IT関連会社社長の木田も、そのパーティーに出席予定だったが、二人は欠席していっしょに夕食を食べていた……」

「加賀も、新木場のパーティーに招待されていたようですが、なぜか出席はせず、その日に船を出しています。さらに、これはまだ未確認情報なのですが、三人とも永峰里美と付き合いたがっていたということです」

「たしかに、人間関係を追えば二つの事案につながりがあるように感じられる」

池谷管理官は考え込んだ。「だが、確証は何もない。そうだろう?」

「調べていけば、確証は必ず出てくると思います」

「だが、それと速水小隊長がこちらの捜査本部に参加するかどうかというのは、別問題だ」

「二つの事案に関連があるとすれば、あちらの捜査本部に気を使う必要などなくなります。二つの捜査本部を統合すべきです」

「そう簡単にはいかない。現時点では、二人の被害者がいて、あくまでも別の事件として捜査しているんだ」

「だったら、私が話をつけてきますよ」

池谷管理官が驚いた表情になった。

「どうして係長が……？」

「私も腹を立てているからです」

池谷管理官は、しばらくぽかんとした顔で安積を見ていた。

やがて彼は言った。

「そうまで言うなら、止めないよ」


安積は、新木場パーティー殺人事件の捜査本部に乗り込んだ。

まず、榊原課長が声をかけてきた。

「係長、どうした？　何か用か？」

「速水をつけ回している捜査員というのは、どいつです？」

「おい、何をするつもりだ？」

「速水が私と行動を共にしたことについて、理由を説明しろというので、やってきたんです」

「説明しに来たという顔じゃないな」

「相手の出方次第です」

「大人げない真似をしないでくれ。こっちだって仕事でやっていることだ」

「速水の大人げのなさは、私どころじゃありませんよ」

「説明しに来たというのなら、私に説明してくれ」

「課長の指示なんですか?」

「いや、そうじゃない」

「では、池谷管理官に、事情を説明しろと言った人に話をします」

榊原課長の顔色が、少しだけ悪くなった。現時点でもいろいろな問題を抱えているのだろう。安積が問題の上乗せをすることになる。

気の毒だとは思ったが、ここで引くわけにはいかない。

「おそらく、こっちの管理官の一人から池谷管理官に電話が行ったのだろう」

「速水の件を担当している管理官は?」

「都築《つづき》さんだ」

都築管理官なら、何度か会ったことがある。ノンキャリアでいろいろな部署を経験した切れ者だ。捜査畑よりも、どちらかというと管理畑が長い。

「わかりました」

「おい、係長」

榊原課長が、ひどく心配そうな顔で言った。「管理官に逆らっても、いいことなんて一つもないぞ」

「わかっています」

安積は、管理官席に向かった。

俺は意地になっている。榊原課長が言ったとおり、大人げないかもしれない。ここで、納得したふりをして何も言わずにいるのが大人なのだろうか。だとしたら、大人というのはつまらないものだ。

「都築管理官」

呼びかけると、都築が顔を上げた。他の管理官たちも、何事かと安積のほうを見た。

「安積係長か……」

都築管理官が言った。「速水の件なら、池谷管理官に事情を説明すればいいんだ。わざわざ来ることはない」

「速水を監視しているそうですね？」

「彼は参考人だ。当然の措置だ」

「彼に容疑がかかっているのですか？　だとしたら、動機は何です？」

「そんなことを、君に話す必要はない。君は、クルーザー殺人の捜査をしているはずだ」

「速水がその捜査を手伝いたいと言ってるんです。捜査車両も用意してくれました。こちらに断る理由はありません」

「捜査車両を用意した……？　速水はどこでそれを手配したんだ？」

「知りません。張り付いていた捜査員に聞いてみたらどうです？」

「事件の参考人が捜査に関わるなんて、とんでもないことだ」

「自分で疑いを晴らしたいという思いがあるのだと思います」

「疑いを晴らす？　そんなことができるはずがないだろう。捜査員たちが全力で捜査に当たっているのに、被疑者を特定できずにいるんだ」

なるほど、こちらの捜査本部でもまだ犯人の目星がついていないということか。それで、藁《わら》にもすがる思いで、速水を尾行しているのかもしれない。

だが、それは見当違いだ。

安積が黙っていると、非を認めたと勘違いしたのか、都築管理官が勢いづいて言った。

「それに、どうしてそちらの捜査を手伝って、自分の容疑を晴らすことができるんだ？」

池谷管理官との会話と同じ流れになってきた。安積は言った。

「こちらの事案と、クルーザー殺人事件が関連している可能性が出てきたのです」

「何をばかなことを……。同じ日に同じ管内で起きたという共通点はあるが、それだけのことだろう？」

都築管理官は、池谷管理官と違ってなかなか疑り深い。捜査に関する嗅覚《きゅうかく》の問題かもしれない。

「被害者の交友関係を洗っていると、こちらの事案に関係している人物が出てきました」

「こちらの捜査員からは、そんな話は聞いていない」

なるほど、そこも池谷管理官と違うところだ。自分が関わっている捜査本部の捜査員から、直接話を聞いたのとそうでないのとでは、やはり違いがあるのだろう。

「クルーザー殺人の被害者である加賀洋が親しくしている女性が、新木場のパーティーに出席していました。それだけではなく、被害者やその女性とも親しい二人の男性が、パーティーに出席予定でしたが、欠席しています」

都築管理官は、ようやく安積の話に関心を持った様子だった。

「そっちの被害者の知り合いが、パーティーに……？」

安積は、今日の聞き込みで得られた結果を報告した。都築管理官に報告する義務はないのだが、ちゃんと説明しておけば、今後、捜査本部の対応が変わってくるかもしれない。つまり、二つの捜査本部が統合される可能性もある。いっしょにならないまでも、捜査情報を共有することはできるだろう。

都築管理官は、じっと安積の話を聞いていた。話を聞き終わると、彼は言った。

「有名人や金持ちは、彼ら独特の付き合い方があるんだ。その連中が知り合いだったとしても不思議はない」

「そういう考え方もありますが、関連を洗うべきだと思いますが……」

「捜査本部をどう運営するかは、幹部が考えることだ。所轄の係長ごときが口出しすることじゃない」

「それはよく心得ているつもりです。私は、あくまで捜査の進展について報告しただけです」

「速水は、君と行動を共にすることで、自分の疑いを晴らせると考えているのか？」

「自分には速水の考えはわかりません。しかし、そう考えて不思議はないと思います」

「素人じゃないんだ。自分で疑いを晴らすことなんてできないことぐらいわかるだろう」

「だから、私といっしょに行動しようとしているのだと思います」

「君が、速水の疑いを晴らすということか？」

「本当の被疑者を確定できれば、結果的にそういうことになると思います」

「つまり、君は速水に監視を付けているわれわれのやり方が間違っていると言っているわけだ」

「そうは言っておりません。監視することに問題はないと思います。ただ、今後も彼は私と行動を共にするかもしれません。それを一言申し上げておきたいと思いまして、足を運んできました」

「管理官の方針に異を唱えたということで、処分の対象になるが、それでもいいのか？」

「私は、正しいと思っていることを申しているだけです。それが方針に異を唱えることになるのなら、処分されてもしかたがないと思います」

「わかった。覚悟しておけ」

言うことは言った。そして、管理官は、速水が安積といっしょに捜査をすることを禁じたわけではない。

ならば、明日も速水が用意した車に乗ってもいいということだ。安積はそう解釈することにした。

警察官なのだから、処分が恐ろしくないはずはない。どんな処分であれ、不名誉になるし、時には経済的な打撃になる。へたをすれば山奥か島嶼《とうしょ》の駐在所に飛ばされるか、クビになる。

そのときは、速水に再就職の先でも探させよう。安積はそう思った。

帰る前に、榊原課長に一言挨拶《あいさつ》していくべきだと思った。

「管理官と話をしてきました」

「それで……？」

「処分の対象になると言われました」

榊原課長の顔色がまた悪くなった。しかめ面になった課長が言った。

「おい、係長……。おまえさんがいなくなったら、臨海署の刑事課はどうなるんだ」

「どうもなりませんよ。私の代わりなんて、いくらでもいます。そのうち、村雨も警部補になって、立派な係長になってくれると思いますよ」

「本気でそう思ってるのか？」

「もちろんです」

「だとしたら、大間違いだよ。おまえさんの代わりをつとめられる者などいない」

「警察官に異動はつきものですよ。じゃあ、私は向こうの捜査本部に戻ります」

「私もあちらに顔を出したいんだが、なかなか……」

「わかりますよ」

安積は出入り口に向かった。部屋を出ようとしたとき、ちょうど相楽が入って来ようとしていた。

「速水さん、放免になったけど、監視が付いているそうですね」

相楽が言った。どういうつもりで言っているのか判断がつかなかった。気にしてくれているのかもしれないし、ただ茶化しているのかもしれない。

「俺の聞き込みに付き合ってくれた。捜査車両を都合してくれてな」

相楽は驚いた表情になった。

「速水さんが、ですか?」

「そうだ」

「監視が付いていたんでしょう?」

「それで、事情を説明しろといわれて、都築管理官に会ってきた」

相楽は顔をしかめた。

「あいつ、嫌なやつですよね……」

相楽がこんなことを言うとは思っていなかった。

おまえも、ずいぶんと嫌なやつなんだぞ。

そう思ったが、もちろん口には出さなかった。

そこで、安積はふと思いついた。

「あんたは、何を担当してるんだ?」

「鑑取りです」

「クルーザー殺人の聞き込みで、こちらの事件に関係している人物の名前が何人か出てきた」

　相楽は眉をひそめた。

「どういうことです?」

「先入観を与えるといけないので、名前だけ言う。永峰里美、紫野丈一郎、木田修、新藤秀夫」

「待ってください。永峰里美と新藤秀夫の名前は、パーティーの出席者名簿で見た覚えがありますが、ほかの二人は……?」

「俺が言えるのは名前だけだ」

「クルーザー殺人の聞き込みで、パーティーに関連した名前が出て来たって、どういうことです?」

「今調べている最中だ。あんたにも調べてもらいたい」

　相楽は油断のない顔つきになった。何事かしばらく考えていた。

　そして彼は言った。

「わかりました。調べてみましょう」

　相楽は、やたらに対抗心を燃やす、うっとうしいやつだが、それだけやる気があるということだ。仕事はきっちりとやってくれるに違いない。

　安積は、新木場パーティー殺人事件の捜査本部をあとにした。

　布石は打った。さて、これから双方の捜査本部がどういう展開になっていくか……。

そう思いながら、別館に向かって歩いた。

17

安積は、午後七時過ぎに別館に戻った。

　都築管理官は、本気で処分を考えるだろうか。逆らった捜査員を、全員処分していたらきりがなくなる。

　そう思ったが、不安になってきた。

　我ながら、情けないと安積は思った。啖呵《たんか》を切ったはいいが、それがどういう結果を呼ぶか、ちょっと心配だった。

　こういうとき、速水のくそ度胸が心底うらやましくなる。

　こんな俺なのに、課長は、「代わりをつとめられる者はいない」とまで言ってくれる。それが、不思議でならないと、安積は思った。

　須田が戻って来た。本庁の捜査員といっしょだ。彼は、その捜査員に何事か話をしている。一方的に須田がしゃべっているようだ。

　相棒の捜査員はうつむき加減でときおりうなずくだけだ。

　まるで、黒木といっしょのときのようだ。おそらく、須田は誰といても同じような行動を取るのだろう。

聞き込みの結果について、あれこれと考えを述べているのかもしれない。あるいは、捜査の途中で見聞きした事柄について、感想を述べているのだろうか。

きっと後者だろうと思った。相手の態度を見ればわかる。たいして重要な話題とは思えないのだ。

近くまでやってきたので、声をかけた。

「須田、ちょっといいか?」

須田は、驚いた顔になって言った。

「あ、係長。何です?」

本当に驚いているわけではないだろう。突然声をかけられたら、そういう態度を取らなければならないと決めているように思える。

「今日、速水が俺たちの聞き込みに同行した」

須田が眉をひそめる。予想したとおりの表情だ。

「速水さんが……?」

「捜査車両をどこかから手に入れて来てくれた」

「へえ……。でも、どうして……?」

「速水は、自分で疑いを晴らしたいと考えているようだ」

「でも、事情聴取は終わったんでしょう?」

「速水には監視がついているらしい。泳がされているということだ」

「まあ、よくあることですね」

そうだろうか。

速水が監視されていることに腹を立てていたのだが、須田にそう言われると、なんだかばかばかしいような気がしてきた。

たしかに、参考人に監視をつけるというのは捜査の常套《じょうとう》手段だ。新木場の事件の捜査本部では、被疑者が特定できていないので、どんな手を使ってでも手がかりをつかみたいというのが、正直なところだろう。

「だがな、速水は現職の警察官だぞ」

「係長の言っていることはわかりますよ。俺も、まさか速水さんが犯人だなんて思っているわけじゃないです。でも、犯行に使用されたグラスに、速水さんの指紋が残っていたのは事実なんでしょう？」

「そうだな……」

都築に抗議したのは間違いだったのだろうか。安積は、再び自問した。

いや、言うべきことは言っておかなければならない。たとえ、処分を食らっても。さっきは、そう考えていた。ころころと考えを変えるべきではない。

須田が言った。

「でも、速水さんは腹を立てているでしょうね」

「そのようだ」

「だから、係長も腹を立てているわけですね？」

「いや、俺は別に……」

「当然だと思いますよ。だけど、わかんないですね……」

「何がだ？」

「速水さんは自分で疑いを晴らしたいと考えているわけでしょう？　なのに、どうして係長の聞き込みに付き合うんですか？　俺たちは、クルーザー殺人事件の捜査をしているんですよ」

「おまえに話したかったのは、そのことだ」

安積は、加賀洋と紫野、木田、永峰里美との関係を説明した。さらに、彼らと新木場のパーティーの関わりを話した。

須田は、話を聞きはじめたときは目を丸くしていたが、説明が終わるころには、仏像のような半眼になっていた。

彼が本気で考えはじめたときの表情だ。

「つまり、二つの殺人は関連しているということですか？」

「その可能性はおおいにあると、俺は考えている」

「新木場の被害者と、彼らの関係は？」

「今のところ、セレブが集まるパーティーの常連同士だということだけだ」

「紫野という弁護士と、木田というIT社長は、パーティーに出席予定だったけど、欠席しているわけですね？」

「そうだ」

「だとしたら、その二人に犯行は不可能ですね」

「そういうことになるな」

「彼らは、何をしていたんですか？」

「二人で鮨屋で飯を食っていたということだ」

「鮨屋……？　あの日は台風が接近して大荒れだったんですよ」

「仕事の話もあったということだ」

「それにしても、何か不自然ですね」

「さらに気になるのは、永峰里美の友人の女子アナの証言だ」

「友人の女子アナ？　何という人です？」

「杉田香苗だ」

「あ、彼女、きりっとした美人ですよね。たしか、永峰里美が三十四歳で、杉田香苗は三十歳でしたね」

安積はあきれた。

「おまえは、女子アナにも詳しいのか？」

「やだな、係長。たまたま知っていただけですよ」

そうとは思えない。年齢まで覚えているというのは、マニアと言ってもいいのではないか。

須田の好奇心には舌を巻く。いろいろなことに興味を持ち、広い分野で、深い知識を持っている。

「杉田香苗によると、永峰里美は、かぐや姫のようだったということだ」

「地球人じゃないということですか？」

「そういう話じゃない。五人の公達《きんだち》に求婚されたというところが似ているということだ。つまり、殺害された加賀と、紫野、木田の三人が、永峰里美に言い寄っていたという話だ」

須田が再び仏像のような顔になる。

「そういう話は、犯行の動機になる可能性がありますね……」

「そういうわけで、俺も速水も、二つの殺人には関連があると考えている。そこで、おまえの考えを聞きたかったわけだ」

「その類《たぐい》のことは、村チョウに尋ねたほうがいいですよ。俺より村チョウのほうがずっと頼りになるじゃないですか」

ここが須田の最大の問題点だ。彼は、自分を低く評価し過ぎだ。もちろん、安積は村雨を信頼している。だが、それ以上に須田を頼りにしているのだ。

それを口に出して言ったことはない。この先もおそらく言うことはないだろう。

「村雨にも聞いてみる。まず、おまえの意見を聞きたい」

「二つの事件は、関連していますね。というか、一つのシナリオの中で起きた二つの殺人ということでしょうか……」

「一つのシナリオの中で起きた二つの殺人……？　それは、二つの殺人事件の犯人が同一ということか？」

「断言はできませんよ。あくまでも、俺の意見ですからね」

「わかっている」

「実行犯については、どうかわかりません。でも、犯行を計画した人物あるいは、人々は同一だという気がします」

「人物、あるいは人々……？　おまえには、もう誰なのか見当がついているという口ぶりだな」

　須田は、また目を丸くした。慌てた様子になる。だが、実際に慌てているわけではないと、安積は思った。

「まさか……。俺が言ったことは、あくまでも一般論ですからね……」

「一般論でそんなことが言えるか？」

「だって、二つの事件が関連しているってことは、犯人が同一の可能性があるってことでしょう？　これ、一般論ですよ」

　須田は、時々思い切ったことを言うかと思えば、突然慎重になる。

彼なりの基準があるのだろう。それは他人にはわからない。付き合いが長い安積にも謎《なぞ》だ。

そこに、村雨が戻って来た。

「村雨、ちょっといいか？」

「何です？」

安積は、今須田にしたのと、同じ話をしてみた。

話を聞き終わると、村雨が言った。

「その話は、管理官には……？」

やはり、村雨の質問は須田とは違う。彼は警察という組織を大切に考えているのだ。

「池谷管理官にも、向こうの捜査本部の都築管理官にも報告してある」

村雨がうなずいた。安積は、上司に認められたような気分になった。

「向こうの管理官がどの程度本気で考えているか、ですね……」

「手は打っておいた」

「どういう手です？」

「相楽に、関係者の名前を全部教えた。あいつが調べてくれるだろう」

「なんだか、敵に塩を送った気分ですね」

「相楽は敵じゃない。きっといい仕事をしてくれると思う」

村雨は何も言わずに、ただうなずいただけだった。

「それで……」

　安積は尋ねた。「おまえの意見は？」

「私も二つの事件は関連していると思いますね。加賀洋と永峰里美の関係性は、かなり濃いですからね。問題は……」

「何だ？」

「二つの殺人の動機ですね」

　安積はうなずいた。

「そいつをなんとかつきとめよう」

「わかりました」

「もう一つ、訊いておきたいことがある」

「何です？」

「速水は明日も俺たちに付き合うつもりのようだが、どう思う？」

「自分の仕事はどうするんです？」

「明日は明け番だと言っていた」

「速水さんには、監視が付いているんですよね？」

「そうだ」

「じゃあ、向こうの捜査本部の連中を引き連れて聞き込みをすることになりますね」

「なるほど、そういうことになるな」

「速水さんのことだから、誰が何を言っても、自分の思い通りにするでしょうね」

「まあ、そうだろうな」

「だったら、私がどんな意見を言っても意味ないでしょう」

「聞いておきたいんだよ」

「係長がやりたいようにやるのが一番だと思います」

安積はうなずいた。

「わかった」

俺に下駄《げた》を預けて、責任逃れをしたとも取れる。いや、そんな解釈をしては村雨がかわいそうだ。第一、彼には責任などない。

責任を負うべきなのは、係長である安積自身なのだ。


夜の捜査会議で、その日の聞き込みの結果が発表される。情報は、管理官のもとに集約されるので、会議ではほとんど管理官が話すことになる。

ぎりぎりになって戻って来て、管理官に報告する暇がなかった場合や、補足説明をするときだけ、捜査員自身が報告した。

今日の会議には、東京湾臨海署の野村署長が臨席していた。

池谷管理官は、報告の最後に、被害者の交友関係として、木田、紫野、永峰里美の名前を発表した。

「……この三人は、何度も被害者・加賀洋のクルーザー、ポエニクス号に乗ったことがあるということです。さらには……」

池谷管理官が、ちらりと安積のほうを見た。「永峰里美は、殺人が起きた新木場のパーティーに出席しており、他の二人も出席予定だったことがわかっております」

捜査員席にざわめきが広がった。

「静粛に」

池谷管理官が言った。「言いたいことがある者は、挙手をして発言するように」

野村署長が困惑した表情で言った。

「最後に言ったのは、どういうことなんだ？　クルーザー殺人の被害者の友人たちが、あのパーティーに出席していたというのは……」

池谷管理官が訂正した。

「永峰里美は出席しておりますが、あとの二人は出席の予定だったというだけです。結局欠席しています」

「つまり、こういうことか？　被害者の交友関係を当たっていたら、新木場との関係性が見えてきた、と……」

池谷管理官は、淡々とした態度で言った。

「関係があるかどうかは、まだわかりません。有名人や金持ち連中は、独自の付き合いがあるのです。彼らが知り合いであることも、パーティーに招待されていたことも、別に不思議なことではありません」

野村署長が言った。

「ばか言っちゃいかん」

池谷管理官は、明らかに不愉快そうな顔になった。

「何ですって……?」

「これだけ関係性が明らかなら、捜査本部を一つにするべきだ。そうすれば、一気に捜査が進展する可能性もある」

池谷管理官が言った。

「そうでしょうか。私には、その必要があるとは思えないのですが……」

池谷管理官と野村署長は、同じ警視だ。そして、役職の上でも管理官と署長はほぼ同レベルだ。

だから、どちらの立場が上になるかは、お互いの性格や、年齢などによるところが大きい。

この場合、年齢は野村のほうが上だし、押し出しがいいのも野村のほうだった。さらに、捜査本部では、署長は副本部長を任されることが多い。つまり、署長は捜査幹部であり、管理官は現場の統括者なのだ。

それらの要因によって力関係が決まっていた。

野村署長が捜査員のほうを見て言った。

「この件について、話を聞いてきたのは誰だ？」

安積は手を上げようとした。そのとき、前方で声がした。

「うちの矢口です」

佐治係長の声だった。

明らかに、仕事をしているのは捜査一課であり、所轄は道案内に過ぎないという態度だ。

まあ、それならそれでいい。報告する面倒がなくていい。安積はそう思って、どっしりと構えていた。

野村署長が佐治係長に言った。

「では、いくつか質問にこたえてもらおう」

矢口が立ち上がり、言った。

「あの……」

野村署長が聞き返す。

「何だ？」

「自分は、安積係長の指示で動いたに過ぎません。ですから、ご質問は、安積係長にされるべきだと思います」

佐治係長が矢口を睨《にら》みつけている。本庁の捜査員が同行していながら、報告を所轄の刑事に任せるなど、彼にとっては考えられないことなのかもしれない。

野村署長が言った。

「安積係長が……？　それを早く言ってくれ。安積君、質問にこたえてくれ」

「はい」

安積は立ち上がった。

「今、管理官が言った三人は、被害者の友人・知人ということで間違いないね？」

「間違いありません」

「彼らの間で、トラブルがあったのか？」

「トラブルがあったという供述はありません。ただ……」

「ただ、何だね？」

「永峰里美の友人、杉田香苗によれば、被害者の加賀、その友人の木田、紫野の三人は、永峰里美を巡って、ライバル同士の関係にあったということです」

「三人で彼女を争っていたということか？」

「はい」

「それは、犯罪の動機になり得るか？」

ここは、慎重にこたえなければならないと、安積は思った。

「その可能性はあると思います」

「その永峰里美が、新木場のパーティーに出席していたことや、木田、紫野が出席を予定していながら欠席したことについて、どう思う？」

「詳しく調べる必要があると考えております」

「新木場の件で、速水が引っぱられたと聞いたが……」

「それについても、補足しておきたいことがあります」

「言ってくれ」

「速水の知り合いの新藤秀夫という人物が、木田の秘書兼運転手として雇われており、木田が新藤に、速水をパーティーに招待するように薦めたということです」

野村署長はそれを聞いて、躊躇《ちゅうちょ》なく言った。

「すぐに向こうの捜査本部と連絡を取り合おう。これは、二つの事件ではなく、一つの事件だ」

18

午後九時頃、野村署長は、新木場クラブ殺人事件捜査本部にいる田端《たばた》捜査一課長に電話をした。

安積たち捜査員は、会議が終わってもその場を去らず、野村署長の声を聞いていた。

「え、こっちに……? いや、俺のほうからそっちに行こうと思っていたんだが……」

どうやら、田端課長がこちらにやってくるということらしい。時刻を考えれば、異例のことだ。

田端課長は、刑事畑の叩き上げで、現場を重視すると言われている。もし、管理畑出身の課長だったら、細かな話は明日の朝、ということになっていたかもしれない。

田端課長は、時間の大切さを知っている。時間が経《た》てば経つほど、事件解決は遠のく。手がかりが急速に少なくなっていくからだ。最も情報が集まるのは、初動捜査なのだ。

電話を切ると、野村署長が言った。

「これから、捜査一課長がやってくる。会議を延長するから、特別な用がない限り、残ってくれ」

席を立つ捜査員はいなかった。

野村署長が電話を切った十五分後に、田端課長がやってきた。捜査員一同は起立して迎えた。

すでに、ホワイトボードに関係者の名前が書き出され、相関関係が矢印で示されていた。今のところ、写真が添付されているのは被害者の加賀洋と、永峰里美だけだ。

永峰里美の写真は、ホームページからダウンロードしたものだ。

明日には全員の写真がそろうはずだ。

田端課長はホワイトボードを見ながら言った。

「おおよそのところは、理解した。詳しい経緯を口頭で報告してほしい」

池谷管理官が、安積を指名した。立ち上がると、田端課長が言った。

「おう、安積係長。都築管理官に楯突《たてつ》いたそうだな」

安積は、ひやりとした。

「意見を述べさせていただきました」

田端課長は、にやりと笑った。

「意見を戦わせるのはいいことだ」

「処分も覚悟しております」

「処分？　ばか言え。自分の考えを言っただけで処分されてたら、まともな警察官が一人もいなくなっちまう。さ、話を聞かせてくれ」

この人が捜査一課の課長でいてくれる限り、どんな刑事がいてもだいじょうぶだ。安積はそんなことを思った。

「被害者が船を出したときの状況などを聞くために、マリーナを訪ねました。そこで、被害者の交友関係について、いくつか知ることができ、ホワイトボードに関係者として書かれている三人に話を聞くことにしました」

続いて、安積は、それぞれの人物から聞いた話を要約して伝えた。

話を聞き終わると、田端課長が言った。

「聞き込みに速水を連れて行ったそうだな?」

「はい」

「必要だったのか?」

捜査車両はありがたかった。車があったおかげで、時間を節約できたのは確かだ。捜査はもちろん重要だが、矢口を教育することも大切だと考えていた。そのためには、速水は不可欠だ。

安積は、思っていることを素直に言うことにした。

「必要だったと思います。彼は、パーティー会場で永峰里美と会っておりましたし、木田の秘書である新藤秀夫と古くからの知り合いでした。事情をよく知っているという強みがありました」

「新木場のほうの捜査本部で使う予定だった捜査車両を、あいつが持ち出したという噂《うわさ》がある」

　そういうことだったのか。

　速水の人脈をもってすれば、充分に考えられることだ。

「そういう事情は知りませんでした」

「速水は参考人で、監視がついていた。それを承知の上で、聞き込みに同行させたんだな？」

「承知の上でした。速水は捜査の役に立つと判断しました。明日も、聞き込みに付き合うと言っておりましたので、同行させようと思っています」

「わかった。気を悪くせんでくれ。安積係長の考えを確認したかっただけだ」

　田端課長は、池谷管理官に言った。「なあ、タニさん、こっちの捜査本部も人手不足なんだろう？」

「ええ、まあ……」

　突然、話を振られて、池谷管理官は驚いた様子だった。

「だったら、速水を吸い上げよう。俺から交機隊長に話をしておく」

「事件の参考人ですよ」

「あいつを監視している捜査員を他に回したいんだ。クラブ殺人事件捜査本部のほうも、人手が足りなくてな……。安積係長といっしょなら、監視しているも同然だろう」

「しかし……」

「速水なら、俺もよく知っている。安積係長にあずけておけばだいじょうぶだ」

「課長がそうおっしゃるなら……」

「決まりだ。安積係長、速水にそう伝えておいてくれ」

「了解しました」

田端課長は、捜査員一同に向かって言った。

「今後、新木場クラブ殺人事件と、クルーザー殺人事件は、関連した事案として捜査を進める。ただし、これまでの経緯があるので、二つの捜査本部を同じ場所に移すというような手間は省く。捜査幹部は、両方の捜査本部を行き来して、情報を集約する。何か質問は？」

池谷管理官が戸惑ったような様子で言った。

「具体的には、どういう方向で捜査を進めればいいのでしょう？」

「今までどおりでいい。こちらの捜査本部では、クルーザー殺人の詳しい状況を調べ、被害者の鑑取りを進める」

「わかりました」

「以上だ」

田端課長が立ち上がった。

捜査員も立ち上がる。

課長は、入って来たときと同様に、足早に部屋を出て行った。

たいしたものだと、安積は思った。それまでまとまらなかった話が、野村署長と田端課長の二人がやってきただけで、あっという間に解決してしまった。

捜査幹部というのは伊達《だて》ではない。上に立つ者がちゃんとした判断をすれば、組織は一丸となって動きはじめる。

野村署長が言った。

「そういうわけで、俺は今後、なるべくこちらの捜査本部に詰めることにする」

彼は立ち上がった。再び、捜査員たちが起立する。それが、捜査会議終了の合図だった。

捜査員たちが、あちらこちらで小さな島を作り、話し合っている。資料を漁《あさ》っている捜査員もいれば、パソコンに今日の成果を打ち込んでいる者もいる。

安積は、速水の携帯電話にかけた。

「何だ？」

「おまえを正式に、捜査本部に吸い上げることになった」

「ほう、そんなことを決める度胸があるやつが刑事にいるとはな……」

「田端課長が決めた」

「なるほどな……」

「そういうわけで、明日から捜査本部に詰めてもらう」

「今日使った車も必要だろう」

「向こうの捜査本部で使う予定だった捜査車両を持ち出したそうだな？」

「誰から聞いた？」

「それも、田端課長から聞いた。やっぱり、本当のことだったんだな？」

「車は、使うべき人が使えばいいんだ」

「使うべき人を、誰が決めるんだ？」

「俺だ」

「明日は、十時に来てくれと言ったが、捜査会議から参加したほうがいいだろう」

「人使いが荒いな……」

「九時に別館の捜査本部だ」

「わかったよ」

電話が切れた。

佐治がこちらを見ているのに気づいた。眼が合うと、彼は席を立ち近づいてきた。何か文句を言われるのかもしれないと思い、安積は身構えた。

「ちょっといいか？」

「何でしょう」

「矢口の様子はどうかと思ってな……」

「矢口の様子？」

佐治は、そっと周囲を見回した。他の者には聞かれたくない話のようだ。

「どう言ったらいいか……。あいつは、癖があるやつでな……」

佐治が何を言いたいのか、よくわからない。だが、少なくとも苦情や非難ではないようだ。

「たしかに、そのようですね」

「捜査一課にプライドを持っている。それ自体は悪いことじゃないんだが、時折、それが行きすぎることがある」

あんたが、そのように育てたんじゃないのか。

そう思ったが、それは言わずにおくことにした。

「プライドを持つことは、たしかに悪いことではありません。しかし、捜査一課とかのプライドではなく、警察官としてのプライドであるべきだと思います」

佐治は一瞬、言葉を呑んだ。

「あんたは、やっぱり噂どおりの人らしいな」

「どういう噂でしょう」

「滑稽《こっけい》なくらいに真《ま》っ直《す》ぐな人だと……」

「滑稽ですかね？」

「いや、失礼。褒め言葉なんだよ。あんたと組んだのは、矢口にとっていい事だと思う」

佐治が矢口に手を焼いていると、須田が言っていたのは、やはり正しかったようだ。須田の洞察力には恐れ入る。

「彼は、間違いなく優秀です」

安積は言った。「彼のいいところを引き出してやらなければなりません」

「そういうふうに指導しているつもりだが……」

「もし、それがうまくいっていないのだったら、どこかに間違いがあるはずです」

「安積係長」

佐治が改まった口調で言った。「この機会に、彼をしっかり教育してやってくれないか」

「私に任せてくれるということでしょうか?」

「ああ、任せる」

「では、一つだけお願いしたいことがあります」

「何だ?」

「聞き込みから戻って来ると、彼は真っ先にあなたのところに報告に行きます。普通は、組んでいる捜査員と、あれこれ話し合って、内容を整理したりするものです」

「それも、あんたから言ってくれればいい」

安積はかぶりを振った。

「直属の上司から言ったほうがいいと思います」

「わかった。それは言っておこう」

佐治は、軽くうなずいてから、安積のもとを去って行った。

二人のやり取りを見ていたらしく、須田がまず近づいてきた。次に村雨が来て、気がつくと、安積班全員が周囲に集まっていた。

「なんだ、おまえたち」

村雨が言った。

「佐治係長、何の話だったんですか？」

「別に文句を言われたわけじゃない。矢口をよろしく、と言われただけだ」

須田が言った。

「自分では、手に負えないんで、係長に下駄を預けたということですか？」

「そういう言い方をするな。捜査本部が若手の教育に役立つことは間違いないんだ」

須田がにやにやと笑いながら言った。

「係長なら、うまくできるでしょうね」

「俺にはとても自信がない。だから、速水に頼もうと思っている」

村雨が言った。

「なるほど、それで速水さんが必要だ、なんて言ったわけですね？」

「それがすべてというわけじゃないがな……」

「適役ですよ」

須田が言った。「速水さんなら間違いないです」

「その話はいい。せっかくみんな集まったんだから、これまでわかったことを整理しておきたい。その後、何かわかったことはないか？」

黒木がこたえた。

「船室のドアの鍵が発見されていないんです」

それ以上の説明はなかった。

これが須田ならば、おそらく憶測を交えた解説が付くはずだった。黒木は、余計なことは一切言わない。事実だけを述べる。

「誰かが外から鍵をかけて、持ち去ったということか……」

安積が言うと、須田がそれにこたえた。

「すでに海に捨てちゃった可能性が高いですよね」

「どうしてそう思う？」

「鍵をかけたのは、犯人でしょう？　船室に戻るつもりはなかったでしょうから、もう鍵は必要ないでしょう。万が一、その鍵が見つかったら、犯人だということがわかってしまうわけですし……」

「どうして鍵をかけたんでしょうね？」

桜井が言った。安積は、思わず聞き返していた。

「どうして鍵をかけたか……？」

「ええ、状況から見て、犯人は殺害したあと、船を離れたんですよね？　遺体が発見されるまで、誰も船には近づかなかったわけですから、鍵をかける必要なんてなかったんじゃないでしょうか。船は転覆する可能性だってあったんだし……」

みんなはしばらく考え込んだ。

安積も、考えていた。なぜ犯人は鍵をかけたか、という疑問よりも、どうして、今までそのことを自分が疑問に思わなかったのだろうと考えていた。

須田が言った。

「たしかに、殺害して船を下りるだけなら、わざわざ外から船室に鍵をかける必要なんてなかったはずだよなあ……」

桜井が言う。

「海は大時化《おおしけ》でしょう？　自分だったら、とても鍵なんてかけられないと思いますね」

安積は、その状況を想像してみた。おそらく桜井の言うとおりだったろう。だが、鍵はかかっていた。

水上安全第一係の吉田たちが臨場したとき、たしかに船室に鍵がかかっていたので、それを破壊して中に入ったと言っていた。

水野が言った。

「心理的な問題かもしれません」

安積は聞き返した。

「心理的な問題？」

「ええ、たしかに殺害してすぐに船を下りたのなら、鍵をかける必要なんてなかったかもしれません。他の殺人事件でも、殺害した後に、部屋の鍵をかけずに犯人が逃走する例はいくらでもあります。むしろ、そういうケースのほうが多いでしょう。でも、殺害してからその後も、船にとどまる必要があったとしたら、鍵をかけたくなる心理もわかる気がします」

村雨が、眉間《みけん》に皺《しわ》を寄せて尋ねた。

「どういうことだ？」

「遺体と自分の間に、境界線を作りたいんです」

桜井が尋ねる。

「息を吹き返したりするのが恐ろしいということですか？」

「そういう具体的なことじゃないわね。あくまでも心理的なものよ。殺人そのものに恐怖を感じているのかもしれない」

「自分でやったことを恐れているということ？」

須田が尋ねた。

「ええ、犯行までは夢中だけど、やってしまった後に思うのよ。自分はなんて大それたことをやってしまったんだろうって……」

黒木が言った。

「大時化の中では、そんなことを考えている余裕はなかったんじゃないでしょうか？」

「わからない」

水野がこたえる。「でも、考えられないことじゃないと思う」

　安積は、その件について、吉田の意見を聞いてみたいと思った。彼は、吉田に声をかけた。吉田は、立ち上がり、安積班に近づいてきた。

「何だ？」

「どうして遺体が発見されたときに、船室に鍵がかかっていたのか……。今、それについて話し合っていたんです」

　吉田は、安積班の面々を見回してから、おもむろに言った。

「俺も実は、それについて考えていたんだ」

　安積は言った。

「水野は、心理的な問題じゃないかと言ってます。殺した後に怖くなって、死体と自分の間に境界線を作りたかったと……」

　吉田は、かぶりを振った。

「もっと具体的な問題だと思う。キャビンは、外から鍵をかけたんじゃなくて、内側からかけたのかもしれない」

「内側から……？」

　須田が反応した。「じゃあ、本当に密室だったということですか？」

　吉田が須田を見て言った。

「まず、ポエニクス号の上部構造について話をしなければならない」

19

「船の上部構造……」

　安積は吉田に尋ねた。「甲板の上にあるもののことですね?」

「そう。キャビンなどの構築物のことだ。ポエニクス号のキャビンの出入り口は、甲板から階段を下ったところにある。キャビンは、甲板の下から上に突き出すような形で作られている」

「はい」

「さらに、操舵室がその上の前方にある。ポエニクス号のキャビンの出入り口は、一つではなく、二つなんだ」

「出入り口が二つ……?」

「そう。一つは、鍵がかかっていたキャビン後方のドアだ。そして、もう一つはキャビン前方の操舵室に上がる出入り口だ」

　安積は、その構造を思い描いてみた。

「つまり、犯人は操舵室から出たということですか?」

「そう考えていいと思う。死亡推定時刻から考えて、犯人は殺害した後も、操舵を続けたはずだ」

村雨が質問した。

「どうして、そう思うんです？」

「死亡推定時刻は、大時化《おおしけ》の真っ最中だ。船から別の船に移動することも、着岸することも不可能だ。すでに昨日話題に上ったことだが、燃料タンクが空だったろう？　マリーナを出るときには、燃料のチェックもするはずだ。だから、きっと充分な燃料を積んでいたはずなんだ。それがなくなっていた。つまり、嵐の間中、転覆を防ぐためにエンジンを噴かし続けていたということだ」

安積は言った。

「たしか、波を横から受けないように、操舵するんでしたね？」

「そう。だが、それはそう簡単ではない」

昨日、同じような話を吉田としたことを思い出していた。

「かなり船に慣れた者の犯行と見ていいということでしたね？」

「実行犯が船に慣れている者だったかどうかはわからない。だが、あの嵐の中を操舵し続けた者は、船の操縦に熟練していることは確かだ」

吉田は、昨日よりも慎重になったように感じた。熟慮したということだろう。

殺人の実行犯と、操舵していた者は別だという可能性があることは間違いない。その場合、犯人は複数ということになる。

安積は言った。

「関係者の一人、木田修は、船舶免許を持っているということでした」

「船は持っているのか？」

「いや、将来船を持ちたいので、免許を取ったというようなことを言っていました」

「嵐の中で船が転覆しないように操舵を続けるのには、ただ船舶免許を持っているというだけじゃだめだ。相当の経験を積まないとな……」

安積は、その意見について、真剣に考えた。

「でも、船舶免許は、最低限の条件ですよね？」

「まあ、それは間違いないが……」

吉田は、船舶免許という言葉に食いついてはこなかった。海を知り尽くしているので、逆に船舶免許だけではどうにもならないことがあると言いたいのだろう。

それは、安積も理解できる。ペーパードライバーでは、嵐を乗り切ることなど不可能だろう。

だが、関係者の中に船舶免許を持っている者がいるという事実は、かなり重要だと考えていた。

村雨が吉田に尋ねた。

「船室の内側から鍵をかけた可能性があるということはわかりました。だが、何のために鍵をかけたんでしょう?」

「わからん。たいした意味はないのかもしれない。船室に入るときに、習慣でかけてしまったのかもしれない。単純なサムターンだったからね」

「習慣でかけてしまった……」

村雨は、眉間にしわを刻んだ。そのこたえが気に入らなかったようだ。

吉田は、平然と言った。

「陸の生活を船に持ち込む人は少なくない。被害者か犯人かのどちらかが、部屋に入ったときに、つい施錠してしまったということはあり得る。それ以外に、あのドアを施錠する理由は考えられない。操舵室に通じる出入り口には施錠されていなかったんだからな」

須田が言った。

「吉田さんたちは、鍵を壊したんでしょう?」

吉田が驚いたように須田を見た。

「何だって?」

「つまりですね、操舵室から回ればキャビンに入れたということですよね。なのに、鍵を壊してキャビンに入ったわけですよね」

吉田が顔をしかめた。

「早計だったと言いたいんだろう。その点は認めなければならないな」

須田が慌てた顔で言った。

「いえ、そんなつもりで言ったわけじゃないんです。つまり、ドアに鍵がかかっているというだけで、誰でもそこに意識が縛りつけられちゃうんです」

「船窓から室内を見たら人が倒れていた。ドアから船室に入ろうとしたが、鍵がかかっていた。だから、その鍵を壊した。ごく自然にそうしただけだ。急ぐ必要があったからな。人命救助が最優先だ」

「わかります。それは当然のことだと思います」

「船の構造を調べている暇などなかった。だから、操舵室の出入り口には気づかず、目の前のドアから入ろうとした。それだけのことだ」

「俺もね、密室殺人じゃないか、なんて言っちゃったんです」

須田が言った。「鍵がかかっている部屋の中に死体があったというだけで、ついそう考えてしまう。密室殺人なんて絶対にあり得ないのに……」

安積は吉田に言った。

「では、船室に鍵がかかっていたこと自体は、意味がないと考えていいんですね？」

「そう。今も言ったとおり、操舵室から出入りできた。それに、殺人が起きたのは大時化の真っ最中だ。施錠されていようがいまいが、関係なかったはずだ。船に出入りすることなどできるわけがないからな」

黒木が言った。

「大時化の最中に、鍵穴に鍵を差し込むなんて、ちょっと考えられないですよね」

吉田がうなずく。

「だから、部屋の内側から鍵をかけたと考えるほうが自然なんだ」

村雨が言う。

「施錠された船室に遺体……。それだけで謎めいて聞こえるが、よく考えてみれば、どうということはない事柄だったということですね」

吉田が言った。

「そう思うよ」

安積は吉田に言った。

「木田修が船舶免許を持っているというのは、重要な情報です。管理官に報告しなければなりません」

「あんたが話してくれ。俺は上の人と話をするのが苦手だ」

「私も得意なわけじゃありません」

吉田は、肩をすくめた。

「とにかく、安積係長に任せる」

安積は、吉田の元を離れ、管理官席に近づいた。池谷管理官が安積に気づいて顔を上げた。

「何か用か？」

あまり機嫌がよくない。安積の報告をもとに、野村署長と田端課長が動いた。自分の頭越しに物事が進んだと、池谷管理官が考えていても不思議はない。

いや、池谷管理官は、そんなに狭量な人物ではない。ただ単に疲れているだけに違いない。安積は、そう思うことにした。

「水上安全課の吉田係長と話をしてわかったことですが、関係者の中で、船の操縦に熟達している者が、事件に深く関わっていると思われます。そのことを佐治係長が管理官にお伝えすると言っていたのですが、お聞きでしょうか？」

「ああ、その話は聞いた」

「それに関連して報告したい事項があります」

「なんだ？」

「木田修が船舶免許を持っていると供述しています」

池谷管理官は、安積の顔を見つめた。

「それは重要な情報じゃないか。どうして会議で発表しなかった」

「発表するのは確認が取れてからと思いまして……。管理官のお耳には入れておくべきだと考えました。それに、吉田係長の話だと、事件当時、操舵していた者は、かなり船の操縦に習熟している者だということです。木田修は、船舶免許を持っているとはいえ、その条件に当てはまるかどうか、まだ不明です」

「船の操縦に習熟している者だって？　それは、なぜだ？」

「ポエニクス号が発見されたとき、燃料タンクが空でした。乗船していた誰かが、嵐の中で、船が転覆しないように操舵を続けていたからだろうと見られています」

「その話は、昨日会議で聞いたから知っている」

「それには高度な操縦技術を必要とするらしいです」

池谷管理官が、思案顔で言った。

「被害者の死亡推定時刻は、嵐の真っ最中だ。つまり、嵐の中で操縦を続けていたのは、被害者ではあり得ないということだったな」

これも昨日、吉田と話し合ったことだった。

「犯人か、あるいは共犯者と考えていいと思います」

「共犯者……？　複数の犯行の可能性があるということか？」

「その可能性は否定できないでしょう」

「わかった。明日の会議で、そのことについて触れよう」

安積が礼をして、その場を離れようとすると、池谷管理官が言った。

「その後、矢口はどうだ？」

一度、しっかりしないと矢口に示しがつかないと言われたことがあるのを思い出した。

だが、池谷管理官が、矢口と自分のことを、ずっと気にしているとは思っていなかった。

「佐治係長に、しっかり教育してやってくれと頼まれました」

「ほう、あの佐治が……。見込まれたもんだな」

「見込まれた？」

「佐治は、人一倍意地っ張りなんだ。自分の部下を他の刑事に教育してくれなんて言うようなやつじゃないよ」

安積は、どうこたえていいのかわからなくなった。

「矢口は、優秀な刑事になると思います」

そう言うと、池谷管理官はうなずいた。

「そうでなければ困る」

安積は、もう一度礼をして、管理官の元を離れた。


安積班の面々は、分かれてそれぞれの仕事をしている。安積は、いつも座っている席に腰を下ろした。

そこに矢口がやってきた。

「何か用か？」

「佐治係長に、なるべく安積係長のそばにいるように言われました」

安積はうなずいた。

「捜査本部で組んでいる者たちは、たいていそうしている」

「先ほど、安積班の人たちが、水上安全課の係長と、何か話し合っていましたね？」

パートナーである矢口にも話しておくべきだと思った。安積は、吉田と話し合ったことを、矢口に伝えた。

話を聞き終えると、矢口が言った。

「キャビンのドアに鍵がかかっていたことに意味はない、ですって？」

「吉田係長は、そういう見解だ。私もそう思う」

「鍵を壊してしまったので、そう言っているんじゃありませんか？」

安積は、この言葉に驚いた。

「吉田係長は、そんな人じゃない」

「犯人が意味もなく、ドアに施錠したりしますか？」

「犯人が施錠したとは限らない。被害者が施錠したのかもしれない。操舵室に通じる出入り口は施錠されていなかったのだから、吉田係長が言うとおり、ドアに施錠したことには意味はないのだろう」

「どうでしょう……」

「じゃあ、どういうことが考えられる？」

「遺体の発見を遅らせようとしたとか……」

「船に乗り込んだ水上安全課の係員たちは、船窓からすぐに被害者が倒れているのを発見した。ドアに鍵がかかっていようがいまいが、遺体の発見には影響はなかったということになる」

「でも、遺体があって、その部屋に鍵がかかっていたのに、それにたいした意味がないなんて、考えられません」

須田ですら、密室殺人という言葉を使った。遺体と施錠という条件がそろえば、特別な意味を疑いたくなるのもわかる。

だが、この場合は、吉田が言ったとおりだと、安積は思っていた。佐治は意地っ張りだと、池谷管理官が言っていたが、矢口も負けず劣らず意地っ張りのようだ。一度言い出したら、なかなか引こうとしない。

「世の中、そういうこともある。捜査上、重要だと思われていたことが、実は取るに足らないことだった、などというのは、よくあることだ」

「でも……」

矢口は、まだ何か言いたそうだった。それに付き合うつもりはなかった。

「昨日、木田修は船舶免許を持っていると言っていた。他《ほか》に関係者の中に船舶免許を持っている者がいないか、確認を取りたい。当たってみてくれ」

「木田修の他に……？」

「もし、免許を持っている者がいたら、木田修も含めてその免許をいつ頃取得したかも知りたい」

「関係者というのは、具体的には誰のことです？」

「被害者と関わりがあるすべての人だ」

「わかりました」

矢口は言った。言われたことは、きちんとやるはずだ。矢口にはその能力がある。

安積は、今日一日の成果を記録に残す作業を始めた。刑事は、すべて書類にしなければならない。

どんなに疲れ果てていても、報告書などの書類を書かなければならない。書類仕事がなければ、どれほど楽だろうと、若い頃はずっと思っていた。

今では、すっかり慣れた。人間の最大の能力は、慣れることなのではないかと思うことがある。

矢口も報告書をまとめている。時計を見ると、午後十一時になろうとしている。今日は、長い一日だった。明日もそうなるだろう。書類を書き上げたら、寝ることにしようと、安積は思った。


翌朝、九時十分前に速水がやってきた。安積の隣があいていたので、彼はそこにどっかと腰を下ろした。

速水の逆側には矢口がいる。彼は、佐治に言われたとおり、安積に張り付くことにしたようだ。

「どうして、捜査一課の連中が前のほうに陣取っているんだ？」

速水が尋ねた。安積はこたえた。

「そういうもんなんだよ。おまえだって、捜査本部が初めてというわけじゃないから、そのくらいのことは知っているはずだろう」

「そう。知ってて訊《き》いているんだ」

その会話が聞こえているはずだが、矢口は何も言わなかった。

九時ちょうどに、野村署長と田端課長が入室してきた。捜査員一同が起立する。安積と速水も立ち上がった。

池谷管理官の司会進行で、会議が始まった。冒頭に池谷管理官が言った。

「関係者の中で、船の操縦に熟練している者がいたら、参考人として留意しておいてほしい。状況から見て、犯行時、船には被害者とは別に、船の操縦に慣れている者がいたと思われる」

木田修が船舶免許を持っていると供述したことは、まだ言わずにいてくれた。安積たちが確認を取ってくるのを待ってくれるということだ。

田端課長が尋ねた。

「船の操縦に慣れている者……？　それが被疑者か？」

「それについては、安積係長が詳しいので、報告してもらってはどうでしょう？」

田端課長が安積を見た。

「係長、詳しく教えてくれるか？」

これで、この話をするのは何度目だろう。安積はそう思いながら起立し、説明を始めた。

吉田と話し合った内容を、すべて話した。管理官や矢口に説明したし、報告書にも書いたので、すでに頭の中でまとまっていた。淀《よど》みなく報告することができた。

ただし、池谷管理官同様、木田修のことはまだ伏せておくことにした。

話を聞き終わった田端課長は、うなずいてから言った。

「わかった。では、特に鑑取りの班は、その点に留意するようにしてくれ」

池谷管理官が言った。

「了解しました」

安積は、着席した。ふと、佐治のことが気になった。田端課長への報告も、佐治がやるべきだったかもしれない。

安積は、しばらく考えてから、気にしないことに決めた。

重要な情報を共有するために捜査会議があるのだ。本来は、誰がどんな報告をしても問題ないはずだ。

最近、捜査本部ができても、捜査会議をやらないことが多いらしい。管理官のところに、すべての情報を集約して、管理官がそれを整理し、捜査員たちに指示を出すようなやり方が増えてきたようだ。

捜査員は、ただその指示通りに動いていればいいというわけだ。効率はいいかもしれない。だが、そういう捜査本部では、何か重要なものが抜け落ちるのではないかと、安積は思っていた。

管理官に言われるままに動いているだけでは、捜査感覚が育たない。近代的な捜査に探偵はいらないと公言する捜査幹部もいるらしい。

だが、刑事にとって重要なのは、やはり捜査感覚と筋を読む能力だと、安積は思っていた。それがなければ、凶悪な犯人や頭の回る知能犯と渡り合うことなどできない。

朝の捜査会議は、確認事項と捜査幹部からの叱咤《しった》激励で終わることが多い。この日もそうだった。会議で時間を潰《つぶ》すよりも、外に出て捜査をすべきだと、誰もが考えているのだ。

会議は二十分ほどで終了した。

「さて……」

速水が言った。「今日はどこに出かける?」

「もう一度、マリーナに行ってみよう。木田修の船舶免許の件の裏を取る必要がある。それと、木田修の他に誰か船の操縦ができる者がいたかどうか、知っている者がいるかもしれない」

「どうして、会議で誰も木田修の船舶免許の話をしないんだ?」

「言っただろう。まず裏が取りたいんだ」

「刑事ってのは、面倒なんだな」

速水は、昨日と同じ車を用意していた。どうして誰にも文句を言われないのか不思議だった。いや、もしかしたら言われているのかもしれない。それでも、速水はやりたいようにやるのだ。

速水が運転席に、安積が助手席に、そして矢口が後部座席に収まった。速水は、車を出した。

20

フロントの海野は、驚いた顔を安積たちに向けた。

「まだ、何か……？」

どんなに驚かれようが、迷惑がられようが、刑事は平気だ。安積は尋ねた。

「加賀さんのお知り合いで、船の操縦ができる人をご存じないかと思いまして……」

「知り合いで、船の操縦ができる人……」

海野は怪訝《けげん》な顔をした。「ここで知り合われた方は、みんな船の操縦がおできになりますが……」

プレジャーボートやヨットの所有者が集まる場所だから、それは当然だ。

「加賀さんがいつも、いっしょに船に乗られていた仲間の中に、そういう方はいらっしゃいませんでしたか……？」

「いっしょに船に乗られていた仲間……？」

「弁護士の紫野丈一郎さん、ＩＴ関連会社の社長の木田修さん、フリーアナウンサーの永峰里美さんや、杉田香苗さんなどです」

「さあ、私はその方々のことを詳しく存じているわけではありませんので……。基本的にはメンバーの方々のことしか存じません」

「木田修さんが、船舶免許を持っておいでだということですが……」

「申し訳ありません。私どもはメンバーの方のことしか存じませんので……」

「誰か知っていそうな人はいらっしゃいませんか？」

「さあ、そうおっしゃられましても……」

物腰は柔らかく丁寧だが、したたかな拒絶を感じた。拒絶というより防御と言ったほうがいいだろうか。

メンバーのプライバシーは、何が何でも守ってみせるという強い意志を感じた。それが彼の仕事なのだ。

「昨日と同じく、職員の方に話をうかがいたいのですが、よろしいですね？」

「もちろんですとも」

海野は笑顔を見せた。だが、眼《め》は笑っていなかった。

安積は、フロントを離れた。

「あいつ、海千山千だな……」

速水が言った。

「ああ。向こうもプロだということだ」

安積は、管理係員の詰め所に向かった。三木を訪ねてみることにしたのだ。三木は、安積たちを見ても、驚いた様子は見せなかった。

「おや、また来たのかい。その後、何かわかったかい？」

「ちょっとうかがいたいことがありまして……」

安積は、海野にしたのと同じ質問を三木にしてみた。

「船の操縦ねえ……。残念だが、そういうことはわからないなあ」

「そうですか……」

「出航するときも、桟橋に戻ってくるときも、必ず加賀さんが操縦してたからね」

「木田修さんという方をご存じですか？」

「いや。誰だいそれは……？」

「加賀さんのご友人で、よくいっしょに船に乗られていたのですが……」

「誰と船に乗っているかまでは、俺たちにはわからないねえ」

「そうですか」

「すいませんね、お役に立てなくて」

「いえ、とんでもない。お話をうかがえるだけでも大助かりですよ」

安積は、礼を言って詰め所を離れた。マリーナのクラブハウスに戻り、ラウンジを訪ねた。昨日と同じ手順だ。

案内係は、安積たちを見ると、好奇心を丸出しにしてきた。

「何かわかりましたか？」

安積は、その質問にはこたえず、逆に尋ねた。

「加賀さんのご友人で、船の操縦ができる方をご存じありませんか？」

案内係は、きょとんとした顔になった。

「ここで加賀さんがお会いになる方は、たいてい船の操縦ができますよ」

「ここのメンバーの方のことではなく、加賀さんが船に乗せるために連れてくる友人です。永峰里美のような……」

「さあ、どうでしょう。そういうことは、私たちにはわかりかねますね……」

「昨日のウエートレスの方にも、同じことを質問したいのですが……」

「安田君ですね。ちょっとお待ちください」

案内係は、ラウンジの奥に行き、安田を連れて戻って来た。

安積は、みんなにしたのと同じ質問を繰り返した。

「さあ……。私は、みなさんのお話の内容などを、できるだけ聞かないようにしていますから……」

彼女はちらりと案内係を見た。上司である案内係にアピールしているようだ。

「紫野さんとは、何度かお話をされているんですよね？」

「ええ、まあ……」

安田は言った。「そういえば、紫野さんは船に興味がおありの様子でした。余裕があれば、自分もクルーザーがほしいというようなことをおっしゃっていました」

「クルーザーがほしい……？　彼は船舶免許は持っているのでしょうか？」

「さあ、そういう話は聞いたことがありませんが……」

「そうですか」

安積は、速水を見た。速水は、小さく肩をすくめた。引きあげようという意味だ。

安積は、礼を言ってラウンジをあとにした。

車に戻ると、安積は矢口に言った。

「船舶免許の件、調べておいてくれ」

「やってます」

「またスマホか？」

「ええ」

「ネットの検索でそんなことがわかるのか？」

「スマホは、本来は電話ですよ。ネットと電話があれば、たいていのことはわかります」

「なるほど……」

速水が安積に尋ねた。

「次はどこだ？」

「紫野の事務所を訪ねてみよう」

「弁護士は多忙だからな。いてくれるといいんだが……」

「行ってみていなけりゃ、出直せばいい。とにかく訪ねてみよう」

一番町の紫野の事務所を再び訪ねた。女性秘書が、極めて事務的に安積に言った。

「いらっしゃいませ。どんなご用件でしょう？」

「紫野先生に、もう一度お話をうかがいたいと思いまして……。昨日同様、アポはありません」

「ただ今、来客中なので、しばらくお待ちいただくことになりますが……」

「待たせていただきます」

安積と速水は、秘書席の脇にある応接セットに案内された。矢口は車を駐車場に移動させている。ついでに、あちらこちらに電話をかけるつもりだと言っていた。

速水は、壁にかかった絵を眺め、それから秘書を眺めていた。こいつは、どこにいてもリラックスしていると、安積は思った。

二十分ほど経《た》って、矢口がやってきた。彼は立ったまま小声で安積に言った。

「船舶免許の件ですが、紫野も永峰里美も持ってはいませんね」

「確かか？」

「国交省に確認しましたから、間違いありません」

「木田が取得したのは、いつだ？」

「二年前です」

「たった二年で、船を所有してもいないとなると、とても操縦に習熟しているとは言えないな……」

速水が言った。

「まあ、世の中そんなにうまくはいかないさ」

そのとおりだと、安積は思った。

奥の部屋のドアが開き、中年女性が出てきた。常に世の中に不満の種を探しているようなタイプだ。何の相談か知らないが、弁護士も楽ではなさそうだと、安積は思った。

「お待たせしました」

秘書が言った。「奥の部屋にどうぞ」

安積は立ち上がり、進んだ。速水と矢口がすぐ後ろに続いていた。

「ご苦労さまですね」

紫野が安積に言った。「まだ、何か訊きたいことがあるのですか？」

安積たちに座れとは言わなかった。紫野はデスクチェアーに腰かけている。安積は立ったまま言った。

「船に興味をお持ちだそうですね？」

「は……？」

「マリーナのラウンジのウエートレスに、そのようなことを話されたことがあるとか……」

「ああ、安田さんですね……」

「余裕があれば、クルーザーがほしいと言われたそうですね」

「そんなこと、言ったかなあ……」

「実際にはどうなんです?」

「とてもクルーザーなんて持てませんよ。何人かで共同で所有するとかなら何とかなるかもしれませんが、そこまでする気にもなれません」

「船の操縦とかは、おやりにならないのですか?」

「私がですか? いえ、操縦なんてできませんよ。ポエニクス号に乗るときには、加賀にすべて任せきりでした」

「加賀さんのご友人で、船の操縦ができる方を、ご存じありませんか?」

「加賀の友人で……? ああ、木田が船舶免許を取ったとか言っていましたね」

「木田さんや永峰さんとご一緒されることもあったのですね?」

「ええ、それは昨日お話ししたと思いますが……」

「木田さんの船の操縦の腕前はどうなのでしょう?」

「たいしたことはないと思いますよ。彼が操舵席に行くことはありませんでした。もちろん、私もです。船はいつも加賀が操縦していたのです」

質問しながら、安積は仔細《しさい》に紫野を観察していた。こたえの内容はそれほど重要ではない。態度や言葉のニュアンスが大切だ。刑事は、それらから多くのことを読み取る。

「パーティーの夜、六本木の鮨屋で、木田さんと食事をされていたのですね?」

急に話題が変わったので、紫野は少しばかり戸惑った様子だった。

「誰がそんなことを言いました？」

「木田さんです」

紫野は小さく溜《た》め息《いき》をついた。

「ええ、たしかにおっしゃるとおりです。木田と鮨屋で食事をしていました」

「それは、何時から何時までです？」

「さあ、よく覚えていませんね……」

「とてもご多忙のようですね」

「まあ、私のような弁護士はいわば便利屋のようなものですからね。依頼主が会いたいと言えば、すぐに飛んで行かなければなりません」

「そういう方は、時間を大切にされていると思うのですが……」

「ええ、時間はおろそかにはできません」

「ならば、木田さんと食事をされた時刻を覚えておられないというのは、不自然な気がするのですが……」

「あの日は特別ですよ。台風が接近しているということで、いくつか面会がキャンセルになりましてね。ぽっかりと時間が空いて、珍しくぼうっとしていたんです。そういうときの記憶は曖昧《あいまい》です」

「木田さんのほうからお誘いの電話があったのですね？」

「誘いの電話というか、なんとなく食事することになったという感じですね」

「そのときのやり取りを詳しく教えていただけませんか？」

「木田から電話が来ました。台風が来るが、パーティーはどうする、と訊かれました。私は、欠席するつもりだと言いました。パーティーなんて気分じゃなくなっていましたからね。そうしたら、木田も行く気がしないと言いだし、それなら軽く飯でも食うか、ということになって……」

「鮨屋に予約はされなかったのですか？」

「木田の行きつけの鮨屋で、私も何度か行ったことのある店です。予約をしなくても席の確保はできました」

「何時から何時までその鮨屋にいたか、なんとか思い出していただけませんか？」

紫野は、しばらく考え込んだ。本当に思い出せないのだろうか。もしかしたら、理由があってその時間をはっきり言いたくないのではないか。

安積がそんなことを考えていると、紫野が言った。

「七時頃から、一時間半くらいいたと思います。先に木田が店に着いて、カウンターで待っていました」

「鮨屋の名前は？」

「『せきもと』です」

「どんな字ですか？」

「ひらがなです」

安積は、矢口がそれをメモするのをちらりと確認してから言った。

「店を出てから、どうされました？」

「帰りましたよ、もちろん。台風が接近していましたからね。それでパーティーも欠席したわけですから……」

安積はうなずいた。

速水を見た。速水は、かぶりを振った。質問したいことはないという意味だ。それから、矢口に言った。

「何か訊きたいことはあるか？」

「ありません」

安積は礼を言って退出しようとした。

紫野が声をかけた。安積は振り返った。

「安積さん」

「何でしょう？」

「私の立場はどういったものなのです？　参考人ですか？　重要参考人ですか？　それとも……」

安積は笑顔をみせた。

「捜査にご協力いただいているだけです」

車に戻ると、速水が言った。

「弁護士っていうのは食えねえな……」

「すべての弁護士がそういうわけじゃない」

「あいつは、平気で嘘言ったり隠し事をするタイプだ」

「仕事上、それが必要なこともあるんだろう」

「仕事上ね……。だが、そうでない場合もある」

「紫野を疑っているのか？」

「おまえはどうなんだ？」

「わからない」

「疑うのは刑事の仕事だ。俺は、違反者を見つけて取り締まるだけだ」

「今は捜査本部の一員なんだ」

「なら、こたえよう。俺はあいつを疑っている」

安積はうなずいてから、矢口に言った。

「『せきもと』の所在地と連絡先を調べておいてくれ」

「すでに調べてあります」

また、スマートフォンだ。使うべき人間が使えば便利な道具であることは間違いない。

速水が安積に言った。

「次はどこだ？」

「木田に会いに行こう」

速水はうなずいて車を出した。

21

『オフィスガニメデ』にやってくると、前回と同様に、高級感に圧倒された。受付嬢に来意を告げると、また待たされることになった。

待つことには慣れている。刑事は、たいてい約束なしに訪ねるので、相手が不在だったり待たされることが多い。

オフィスの一角にある応接ブースで待っていると、そこに新藤がやってきた。コーヒーが入ったプラスチックのカップを三つ、トレイにのせていた。

「どうも、お待たせして申し訳ありません。もうじき先客との打ち合わせが終わる予定ですから……」

安積は、こたえた。

「どうぞ、お構いなく。待つのも仕事ですから」

速水は何も言わない。昔からの知り合いなのだから、何か言葉をかけてやってもよさそうなものだ。

ちらりと速水の様子を見る。なぜか、不機嫌そうだ。もっとも、こいつは黙っていると、たいてい不機嫌そうに見える。

新藤も速水が無言なので、戸惑っている様子だ。安積は、新藤に言った。

「ちょうどいい。少し話を聞かせてもらえますか？」

「ええ、いいですよ」

安積たち三人は椅子に腰かけているが、新藤はテーブルの脇に立ったままだ。

「日曜日のパーティーについて、少し詳しく聞きたいのです。あなたは、何時頃にパーティーに行かれましたか？」

「ええと……。パーティーの始まりが十九時だったので、その時間に間に合うように行きました。正確な時刻は覚えていませんが、十八時五十分か五十五分……、その頃だったと思います」

最近の若い世代は、時間を二十四時間制で言うのだろうか。それとも、会社の習慣なのだろうか。安積は、そんなことを考えていた。

「それから、何時までいらっしゃいましたか？」

「警察の人が話を聞きたいというので、その順番を待っていましたから……。会場を出られたのは、午前三時頃だと思います」

「その間、会場を離れたことはありませんでしたか？」

「ええ……」

新藤はちらりと速水を見た。「それは、速水さんもご存じだと思います」

安積は速水に尋ねた。

「そうなのか？」

速水は、あらぬ方を向いたままこたえた。

「俺は、ずっと張り付いていたわけではないんで、確認はしていない」

新藤は愛想笑いを浮かべて言った。

「パーティーで何度も会っているじゃないですか」

「たしかに会った。おまえは、気を使って、何度か飲み物を持ってきてくれたな」

やはり、新藤のほうを見ない。何か気に入らないことがあるのだろうか。新藤がこたえる。

「うちの社長が招待させていただいたんです。アテンドするのは自分のつとめです」

速水は何も言わなかった。安積は、質問を続けた。

「事件が起きたときのことを、覚えていますか？」

「覚えているも何も……。何が起きたかわからなかったんですよ。被害者の人とは離れた場所にいましたし……。何か急に会場内が慌ただしくなったなと思ったら、人が倒れていたんです。そうこうしているうちに、警察が来るし……」

これは、事件にたまたま遭遇した人の一般的な感想と言える。特に疑うべき点はない。本命は、これ以上訊くことはないと、安積は思った。新藤に話を聞きに来たわけではない。本命は、木田なのだ。

安積は、新藤に言った。

「お時間を取らせて、すいません。ありがとうございました」

「いえ、お役に立てればうれしいです」

新藤は笑顔を見せてそう言うと、礼をして安積たちのもとを離れていった。

安積は速水に尋ねた。

「何が気に入らないんだ？」

速水は、安積の顔を一瞥《いちべつ》してからこたえた。

「別に気に入らないことなんてない」

「新藤を買っていたんだろう？　だから、就職のときに身元保証書を書いてやった。なのに、ずいぶんと冷淡じゃないか」

「俺は、誰にだって愛想を振りまいたりはしない」

「まあ、それはそうだが……」

そのとき、受付嬢がやってきて告げた。

「お待たせいたしました。ご案内いたします」

木田は、前回と同様に電話をかけていた。安積たちはドアのそばに立って、電話が終わるのを待っていた。

ようやく電話を切ると、木田が言った。

「どうも、お待たせしました。おかけください」

安積と速水がソファに腰を下ろす。矢口は立ったままだった。速水がそれを見て言った。

「おまえも座れ」

矢口は言われたとおりにした。彼がノートを開くのを見てから、安積は木田に言った。

「何度もお邪魔して申し訳ありません。あれからまた、確認したいことが出てまいりまして……」

「かまいませんが、時間があまり取れません。前回と同じく十分ほどしかありませんが……」

安積はうなずいた。

「まずうかがいたいのは、あなたの船舶免許についてです」

「それについては前回もお話ししたと思いますが……」

「取得されたのは、二年前で間違いありませんね？」

「そうですね……。ええ、間違いありません」

「免許を取得されてから、どれくらい船の操縦を経験されましたか？」

「数えるほどしか経験してませんよ。たまに加賀にポエニクス号を操舵《そうだ》させてもらいました。海に出てからですけどね……」

「海に出てから……？」

「ええ、出港や着岸といった難しい操縦はやらせてもらえませんでした。船体を傷つけでもしたらたいへんですからね」

「なるほど、こう言っては失礼かもしれませんが、船の操縦に慣れておられるわけではないのですね？」

木田が苦笑した。

「ちっとも失礼じゃないですよ。事実ですからね。これも、前回言ったと思いますが、俺もいつかは加賀みたいに、船を持ちたいと思っていますからね」

「あなたの身近に、船の操縦が得意な方はいらっしゃいませんか？」

「加賀だけでしたよ」

「そうですか……」

木田が腕時計を見た。

「他に何か……？」

「あなたと加賀さん、紫野さん、そして永峰里美さんの関係についてうかがいたいのですが……」

「友達ですよ。それ以上でも以下でもない」

「三人は、永峰さんを巡るライバル関係にあったと証言している人がいるんです」

木田は肩をすくめた。すると、二重顎《あご》の皺《しわ》が深くなった。

「ライバルか……。まあ、そう言えるかもしれませんね……」

「そのことで、諍《いさか》いなどありませんでしたか？」

木田が笑いだした。

「そんな深刻な関係じゃないですよ。本当に、俺たちは遊び友達だったんです」

「紫野さんも、同じお考えでしょうか？」

「もちろん」

「加賀さんもそうでしたか？」

「そうでした」

木田がまた時計を見た。「さて、そろそろ時間ですが、まだ、ご質問がおありですか？」

安積は言った。

「最後に一つだけ。『せきもと』に行かれたのは何時頃ですか？」

鮨屋の名前を言うと、木田はふと表情を曇らせた。そんなことまで調べているのか、と言いたげだった。

「午後七時頃ですね」

「何時までいらっしゃいましたか？」

「そうですね……。八時半頃でしょうか……」

紫野の供述と一致している。安積は、うなずいて立ち上がった。

「どうも、お忙しいところをお邪魔しました。ご協力、ありがとうございました」

速水と矢口も立ち上がる。

木田が言った。

「刑事さんたちは、どちらの事件を担当されているのですか？　加賀の事件と、香住の事件と……」

安積はこたえた。

「両方です」

オフィスを出ようとすると、新藤が席から立って近づいてきた。

「ごくろうさまでした」

速水はやはり何も言わない。安積は、頭を下げてから駐車場に向かった。

車に戻ると、速水が言った。

「そんな深刻な関係じゃない、か……」

安積は思わず聞き返した。

「何だって?」

「そういうタイプじゃないな……」

「どういう意味だ?」

「狙《ねら》った獲物は逃がさないって、タイプだよ。独占欲が強いんだ」

「木田のことか?」

「そうだ。ああいうやつは、どんな手を使ってでも、自分のものにしようとするぞ。遊び友達だって? そんなはずはない」

矢口が尋ねた。

「どうして、そんなことがわかるんです？」

「目的達成能力が強いやつほど、独占欲も強い。英雄、色を好むってのは、嘘じゃないんだ」

「目的達成能力ですか……」

「そうさ。でなきゃ、会社を作って成功できるはずがない」

「でも、性格や行動パターンなんて、人それぞれじゃないですか」

速水は凄《すご》みのある笑みを浮かべた。

「おまえも、警察官としての経験を積めばわかる。人間というのは、性格によって驚くほど決まった行動を取るもんなんだ。だから、犯罪者は捕まる」

「そういうもんですかね……」

「そういうもんだ」

速水の人を見る眼は確かだ。好奇心のなせる技かもしれない。彼は、あらゆる人間に興味を持つようだ。

安積は速水に言った。

「じゃあ、木田は嘘をついたということか？」

「俺はそう感じた」

実は、安積も似たようなことを感じていた。刑事は、嘘には敏感だ。嘘をついているというのは言い過ぎかもしれないが、少なくとも何かを隠しているか、ごまかそうとしている。

「『せきもと』に関する供述は、紫野と一致していた」

「口裏を合わせているのかもしれない」

「なぜそう思うんだ？」

速水は肩をすくめた。

「俺ならそうする」

「何のために？」

「加賀のクルーザーが、マリーナを出航したのが土曜日の午後二時頃……。そして、クルーザーは、それから月曜日の朝に発見されるまで、マリーナには戻らなかった。もし、出航するときに、木田と紫野が同乗していたとしたら、当然、日曜日の夜七時に、『せきもと』という鮨屋には行けない」

「曜日のことを忘れていた。木田と紫野は、台風が接近している日曜日の夜に、わざわざ待ち合わせて鮨屋に行ったということになるな……」

矢口が言う。

「ＩＴ関連会社の社長も弁護士も、おそらく土日など関係なく働いているんじゃないですか？　自分はそう思っていました」

安積は言った。

「今のところ憶測だけで、何一つ確実なことはない」

「刑事は用心深いんだな」

「当然だ。無茶な捜査をすれば、公判で証拠能力がなくなる。へたをすれば冤罪《えんざい》だ」

「交機隊でよかったよ」

「とにかく、『せきもと』に行って確認を取ろう」

速水が矢口から場所を聞いて、車を出した。車は、六本木ヒルズの駐車場から、六本木通りに出ると、すぐに停《と》まった。

速水が矢口に言う。

「おい、車を……」

「わかっています。駐車場に入れてこいって言うんでしょう？　でも、まだ店は開いていないと思いますよ。高級鮨屋はランチなんてやってないでしょうからね……」

「仕込みを始めているかもしれない」

安積は言った。「とにかく、行ってみる」

車を矢口に任せて、安積と速水は、『せきもと』の看板を探した。店は、大通りに面したビルの一階にあった。

矢口が言ったとおり、店は閉まっており、人の気配はなかった。それでも、安積は念のために、戸を叩いてみた。返事はない。

速水が言った。

「十二時半か……。腹が減った。昼飯を食ってから、もう一度来てみよう」

たしかに空腹だ。速水の言葉に従うことにした。矢口と連絡を取り、近くで昼食をとることにした。

午後二時を過ぎた頃、ようやく店に人がやってきた。髪を短く刈った若い従業員だ。安積は声をかけた。

「すいません、ちょっとお話をうかがっていいですか?」

彼は、驚いた顔で立ち尽くした。安積が警察手帳を出して名乗ると、さらに驚いた顔になった。

「警察ですか……」

「日曜日のことについてうかがいたいのですが……」

「日曜日……」

「お店は、開いていたのですね?」

「ええ、やっていました」

「木田さんと紫野さんが、その日こちらにいらしたかどうか、うかがいたいのですが……」

若い従業員は、首を傾《かし》げた。

「さあ、自分はたいてい奥の厨房《ちゅうぼう》にいるし、お客さんのお名前とか、詳しく知りませんから……。そういうことは、大将に訊いていただかないと……」

「大将は、いつおいでですか？」

「そうですね……。三時くらいには来ると思います」

一時間近くある。だが、確認しておきたかった。

「待たせてもらっていいですか？」

従業員は、一瞬迷った様子だったが、結局うなずいた。

「ええ、どうぞ」

カウンターの椅子に腰かけて待った。若い従業員は、奥に引っ込んだまま出てこなかった。厨房の準備をしているのだろう。

彼が言ったとおり、三時頃に店主がやってきた。思ったより若い。四十代半ばといったところだ。

安積が、警察手帳を提示して名乗ると、若い従業員同様に、ひどく驚いた顔になった。

安積はかまわず、木田と紫野のことを尋ねた。

「日曜日の夜ですか？　ええ、お二人ともいらしてましたよ」

「何時から何時までいらしたか、覚えていますか？」

「午後七時頃から八時半頃まででしたね」

「間違いありませんね」

「台風が近づいているので、店を早めに閉めようと思っていました。それで時間を気にしていたのでよく覚えています」

「木田さんは、よくこちらにおいでになるのですね？」

「ええ、いつもご贔屓《ひいき》にしていただいてます」

「プライベートでこちらをご利用になることもあるんですね？」

「ありますね」

安積は、ふと思いついて尋ねた。

「永峰里美さんをご存じですか？」

「あのアナウンサーのですか？　ええ、テレビで見て知ってます」

「木田さんが、永峰さんと二人きりでこちらにいらしたことはありますか？」

店主は、意外なことを訊かれたという顔をした。

「いいえ、そんなことは一度もありませんでしたね」

安積は、うなずいた。速水が店主に尋ねた。

「木田さんと紫野さんが店にいらしたとき、他にお客さんはいたかい？」

「いいえ、お二人だけでした。台風が近づいていましたし……」

「七時から八時半まで、客は二人だけだったということ？」

「ええ、だから、お二人がお帰りになってほどなく、店を閉めました。その日は、もうお客さんがいらっしゃるとは思えませんでしたので……」

速水は無言でうなずいた。矢口は何も言わない。安積は、店主に礼を言って店を出た。

22

車に乗り込むと、ハンドルを握る速水が言った。

「なんだか、妙な感じだな」

安積はこたえた。

「おまえもそう思うか？」

矢口が尋ねる。

「何が妙なんですか？　木田と紫野のアリバイが証明されたということでしょう？」

速水が片方の唇を上げて笑みを浮かべた。

「木田は、あの店の常連だ」

「それがどうかしましたか？」

「あの店の若いのが、木田のことを知らないと言ったが、それは不自然だ」

「そうですかね……」

「それに、いくら台風が近づいているからといって、午後七時から八時半まで、客が二人きりというのも、ちょっとうなずけない話だ」

「でも、実際そうだったのかもしれません。台風が近づいているのに、わざわざ鮨を食べに出かける人が、それほどたくさんいるとは思えません」

　安積は言った。

「若い従業員は、関わりになりたくない、という態度だった。だから、知らないと言ったのかもしれない」

　矢口が反論する。

「それはあくまで係長が受けられた印象ですよね。それは公判では役に立ちません。あくまでも供述の内容が証拠になるんです」

「そう。起訴を決めたり、裁判で取り沙汰《ざた》されるのは、供述の内容だ。だが、俺は刑事が受ける印象は、それ以上に大切だと思っている」

「じゃあ、あの二人が嘘をついているということですか？」

　速水が言った。

「木田が永峰里美を連れて来たことがないというのは、本当のことだろう」

「それも、印象ですか？」

「言っただろう。経験を積めばわかってくるんだ」

　速水が、安積を見て尋ねた。「なぜ、あんなことを訊いたんだ？」

　安積はどうこたえていいかわからず、しばし考えた。

「思いつきに過ぎない。もし、木田が永峰里美を食事に誘っていたら、あの店に連れて行っていてもおかしくはないと、ふと思ったんだ」

「木田くらいの金持ちになると、いろいろなレストランを知っているはずだ。よそに連れて行っているかもしれない」

「そうだな……。あの鮨屋は、なかなか高級そうなんで、永峰を連れて行っても恥ずかしくはないと思ったんだが……」

速水は、ふと考え込んだ。

「これは、あくまで仮定の話だが、加賀が抜け駆けをしたということなのかもしれないな。木田も紫野も、永峰と食事をしたことなどないのかもしれない」

安積はかぶりを振った。

「だが、そんなことが殺人の動機になるとは思えない」

「直接の動機にはならなくても、一つの要素にはなり得る」

矢口が言った。

「ちょっと待ってください。それって、木田と紫野を疑っているということですか?」

安積は、何も言わなかった。あくまでも、慎重に事を進めたい。

だが、速水は、安積ほど用心深くはなかった。

「まだ、わからないのか? あいつら以外に誰がいるんだ」

東京湾臨海署別館に向かう車の中で、矢口はしばらく無言で考えていた。やがて、彼は言った。

「理解できません。どうして、あの二人に疑いがかかるのか……」

速水がこたえる。

「加賀といつもいっしょに船に乗っていたのは誰だ？」

「木田と紫野です。それに、永峰里美も……」

「加賀と、永峰を巡るライバル関係にあったのは誰だ？」

「木田と紫野です。でも……」

「でも、何だ？」

「紫野は弁護士ですよ。殺人なんて割に合わないことをよく知っているはずです」

「誰だって知っている。それでも殺人事件はなくならないんだ」

「問題は……」

安積は言った。「恋のライバルだったというだけでは、動機としてあまりに弱いということだ」

「だからさ」

速水が言う。「新木場の毒殺事件と併せて考えなきゃならないんだ」

「それに、言葉の上だけのことだが、二人にはアリバイがある」

速水が、ふんと鼻で笑ってから言った。

「口裏を合わせているだけだろう。そんなものは、すぐに突き崩せる」

速水は、あくまでも強気だ。矢口が驚いたように尋ねる。

「どうやってアリバイを崩すんですか？」

「一番弱いところを攻めるんだ」

「一番弱いところ……？」

「『せきもと』だよ。あの大将は、木田に口裏を合わせるように頼まれたんだろう。だが、まさか、警察沙汰になるとは思っていなかったんだろう」

「どうしてそんなことがわかるんです？」

「係長の警察手帳を見て、本気で驚いていたからさ」

「そんなことは根拠にはなりませんよ」

「なるさ。見てろよ」

「自分には、とても木田と紫野が被疑者だとは思えません」

「賭《か》けるかい？」

「賭博《とばく》は犯罪ですよ」

「金品を賭けようと言ってるわけじゃない。もし、俺が言うとおりだったら、おまえは、俺に絶対服従するんだ」

「今だって服従しているつもりですが……」

「そういう口ごたえすら許さない」

「もし、速水さんが言うとおりじゃなかったら？」

「何でもおまえの言うことをきくよ」

「わかりました」

安積は、あきれてしまった。

「捜査で賭けをするなんて、どうかしてるぞ」

「おまえも、一口乗っていいぞ」

「ばかを言うな」

そう言ったものの、実は、速水に賭けてもいいと、安積は思っていた。

東京湾臨海署別館の捜査本部に戻ると、相楽が佐治と話をしていた。相楽は、安積を見ると近づいてきた。

「待っていました」

「俺をか？」

「そうです。情報をくれましたよね。名前を聞いた四人について、いろいろと調べてみました」

「本人に話を聞きに行ったのか？」

「直当たりはしていません。安積さんが当たっているんでしょう？」

「俺は、クルーザー殺人事件について調べていたんだ」

「でも、二つの捜査本部がいっしょになったわけですから、先に手を着けられている捜査に横槍《よこやり》は入れられません」

「別に、あんたが話を聞きに行ったとしても、我々の捜査の妨害になるわけじゃない」

「必要なら、直当たりします。現時点では、周辺捜査が重要だと思っています」

杓子定規《しやくしじ》といえば、村雨だが、相楽も負けてはいないなと、安積は思った。

「それで、何がわかった？」

「紫野と木田は、パーティーに出席の予定でしたが、急遽《きゆうきよ》出席を取りやめたようですね」

安積はうなずいた。

「二人で『せきもと』という鮨屋で食事をしていたということだ」

「鮨屋？　裏は取ったんですか？」

「今確認してきた。だが、速水は、口裏を合わせてアリバイ工作している疑いがあると言っている」

「速水さんが……？　交機隊にそれほど捜査感覚があるとは思えませんが……」

「それを、本人に言ってみるといい」

「やめておきます」

相楽は鼻白んだ。「永峰里美ですが、有名な女子アナだったんですね。そして、木田と紫野は、彼女を巡る恋のライバルだったわけですね？」

「それに、加賀洋が加わる」

「加賀……？　クルーザー殺人事件の被害者ですね？」

「そう。三人は、恋のライバルというより、かぐや姫に求婚する公達《きんだち》のようだと証言した人がいる」

「なるほど……。それで、二つの事件がつながったということですね」

「他に何かわかったことはあるか？」

「新藤の名前も教えてくれましたね。新藤は木田の秘書ですが、もともと速水さんの知り合いだったようですね」

「そう。就職のときに、身元保証書を書いてやったそうだ。今回、速水をパーティーに招待してはどうかと、新藤に言ったのが木田だということだ」

「木田が速水をパーティーに……？」

「指紋が検出された件だが、速水は、はめられたと言っていた。木田と新藤にはめられたと考えているのかもしれない。今日、新藤に会ったとき、速水はやけに不機嫌そうだった。腹を立てていたようだ」

「捜査本部では、まだ速水犯人説を唱えている者もいますよ」

「そいつらは、いずれ恥をかくことになる」

「永峰里美に言い寄っていたのは、三人だけではなかったようですね。被害者の香住昌利も、アプローチしていたようです」

「被害者が……？」

「確かな情報です」

「香住昌利は、自称ネットトレーダーだということだな。新藤は、香住のことを知らないと言っていたが、木田は知っていた。それから、加賀も知っていたのではないかと思っている」

相楽がうなずいた。

「永峰里美に言い寄っていたというのですから、三人とも心穏やかではなかったでしょうね」

安積は、ふと考え込んだ。

「永峰にアプローチしている四人のうち、二人が殺されたということになるな」

「同一人物の犯行だと思いますか?」

「そう思う。だが、単独犯では無理だ。パーティー会場で香住を殺害し、ほぼ同時に、海の上で加賀を殺害したことになる」

「複数の犯行ということですね?」

「『せきもと』をつつけば、木田と紫野のアリバイは崩れるだろうと、速水が言っていた」

「任意で引っぱりますか?」

安積は、否定しかけて考え直した。プレッシャーをかけるには、それも手かもしれない。任意同行ならば、法的にも問題はない。

「そうだな」

安積は言った。「『せきもと』の店主と、若い従業員の二人に、ここに来てもらうことにしようか……」

「自分が行ってきましょうか？」

「いや、木田と紫野のアリバイについては、クルーザー殺人事件の関連事項だ。そっちは、香住と木田ら三人の関係をさらに洗ってくれ」

「言われなくてもやりますよ」

「わざわざ情報交換のために足を運んでくれたのか？」

相楽はうなずいた。

「借りを作りたくありませんからね。これで、貸し借りなしです」

やはり、かわいげがない、と安積は思った。

『せきもと』に戻る、と速水に告げると、彼は驚いた顔で言った。

「忘れ物か？」

「店主と従業員を任意で引っぱることにした」

「さっき、引っぱってくれればよかったじゃないか」

「相楽と話して、その手もあると気づいたんだ」

「効率が悪いな……」

「必要なら何度でも足を運ぶ」

「わかった。矢口も連れて行くのか？」

「もちろんだ」

「だったら、矢口にやらせてみよう」

安積は驚いた。

「あいつにやれると思うか？」

「やらせるんだよ。へたを打ったら俺たちがカバーすればいい」

教育や指導という点では、速水にはとうていかなわない。彼の言うとおりにしようと思った。

速水の運転で再び『せきもと』を訪れる。開店準備が進んでいる。『せきもと』の店主は、安積たちを見て、驚いた顔をみせた。ただ単に、驚いただけではない。不安と恐怖が見て取れる。

「先ほどのお話をさらに詳しくうかがいたいので、もしよろしければ、署のほうにおいでいただけませんか？」

矢口が言った。昨日までの居丈高な物言いではない。速水が睨《にら》みを利かせているからだろうか。

『せきもと』の店主の顔色がみるみる悪くなっていく。

「署へですか……？」

「ご心配なく。お話をうかがいたいだけです」

「でも、店をあけるわけには……」

「そんなにお時間は取らせません」

矢口が言う。「まあ、あなた次第ですが」

最後の一言は余計だと思った。

結局、店主は任意同行に応じた。さきほど話を聞いた若い男性従業員にも来てもらうことにした。

東京湾臨海署別館に戻ったのは、午後四時四十五分だった。すぐに店主と従業員を別々の取調室に入れて、話を聞くことにした。事情聴取なら、取調室を使う必要はない。だが、心理的な効果を狙うことにした。

窓もない灰色の部屋は、大きなプレッシャーを与える。

店主の名前は、関本勇三《せきもとゆうぞう》。若い従業員は、服部伸男《はっとりのぶお》といった。速水に服部を任せることにした。安積と矢口が関本を担当する。

安積は、質問を矢口に任せることにした。

氏名、年齢、住所、職業を尋ねた後、矢口は言った。

「日曜日の午後七時、木田さんと紫野さんが、あなたの店にやってきて食事をした。そのとき店の客は、その二人だけだった……。それで、間違いありませんね？」

関本は、すでにひどく緊張している。

「間違いありません」

「そのとき、二人はどんなものを召し上がりましたか？」

ほう、なかなかやるじゃないかと、安積は思った。嘘をついている場合、具体的で詳細な事実を詰められると、必ずボロが出る。

「最初にお造りをお出しして、三十分ほどしてから、握らせていただきました」

「二人に出した料理を、順を追って教えてください」

「細かくは覚えていません。その場の思いつきでお出しすることもありますし……」

「木田さんたちがいらしたときは、お客さんは二人だけだったのでしょう？　なのに覚えていないんですか？」

「覚えていません」

「もし、あの二人が犯罪に関与していて、そのアリバイ工作に手を貸しているとしたら、面倒なことになりますよ」

関本の顔色がますます悪くなる。額に汗を浮かべはじめた。もうじき落ちるな。安積はそう思って関本を観察していた。

「もう一度、うかがいます。日曜日の午後七時、木田さんと紫野さんが……」

矢口がそこまで言ったとき、関本が突然頭を下げた。

「すいません。まさか、警察の人に訊かれるなんて思ってもいなかったんです」

「どういうことですか？　説明してください」

「木田さんに頼まれたんです。ちょっと事情があって、日曜日の午後七時から八時半くらいまで、店で食事をしていたことにしてくれって……。私はね、仕事関係か女性関係だなと思って引き受けました。普段お世話になっているし、それくらいの嘘をつくのは、どうってことはないと……」

「……で、警察が訪ねて行ったので、慌てたと……」

「そうなんです」

矢口は安積のほうを見た。安積は、関本に言った。

「場合によっては、それを証言していただくことになるかもしれません」

「あの……。私は何か罪に問われるのですか？　偽証罪とか……」

「偽証罪というのは、法廷で宣誓をした人が嘘を言った場合の罪です」

安積は言った。「ご協力感謝します。申し訳ありませんが、お送りはできません。お店の準備がおありでしょうから、急がれたほうがいいと思います」

関本はぽかんとした顔になった。

「もう行っていいんですか？」

安積はうなずいた。

「はい、服部さんといっしょにお帰りいただいてけっこうです」

関本の全身からがっくりと力が抜けた。激しい緊張から解放されたのだろう。どっと汗をかきはじめた。

速水によると、服部も嘘をついていたことを認めたという。木田や柴野のことを知らないと言ったが、速水が読んでいたとおり、それは関わりになるのを恐れたからだった。

安積は、その結果を池谷管理官に知らせた。報告を聞くと、池谷管理官は言った。

「二人のアリバイがないということだな。だが、動機はあるのか？　恋の鞘当《さやあ》てじゃ、動機として弱すぎる」

「調べを進めます。動機も明らかになるはずです」

池谷管理官がうなずいた。

「関係者の中に、船の操縦ができそうな人物がいたという報告があったが、それについて、何か聞いているか？」

「いいえ」

「捜査会議で発表するつもりだが、君の耳にも入れておいたほうがいいと思う」

「誰なんです？」

「弁護士の紫野だ。彼は、茨城県の出身で、実家は代々漁師だそうだ。漁師を継ぐことになっているのは兄なのだそうだが、紫野丈一郎本人も少年時代から漁を手伝っていて、船の操縦にも慣れているということだ」

「それは、誰の報告です？」

「佐治係長だ。相楽から聞いたと言っていた」

先ほど、相楽と佐治が話をしていたのを思い出した。なるほど、重要な事実は佐治に報告するというわけか……。相楽が、安積と情報交換にやってきたのは、あくまで形式的なものだったわけだ。

だが、今はそんなことを気にしているときではない。

「では、船舶免許を持っている木田よりも、紫野のほうが船の操縦に慣れている可能性があるということですね？」

「ああ、そうだな」

「そして、紫野も木田もその事実を隠していました」

池谷管理官は、またうなずいた。

「そのへんが突破口になって、事件のからくりが見えてくるかもしれない」

「もう一度、紫野に会いに行ってきます」

「そうしてくれ」

「木田と紫野に監視をつけたいのですが……」

「わかった。向こうの捜査本部とも相談して、人員を都合しよう」

安積は、一礼して管理官のもとを離れ、速水と矢口に声をかけた。

「紫野に会いに行く」

速水が言った。

「やれやれ、息つく暇もないな……」

「文句を言ってる場合じゃない」

「矢口をほめてやれよ。関本から事実を聞き出したんだ」

「そうだな。矢口、よくやった」

「ただ仕事をしただけですよ」

台詞はかわいげがないが、照れているせいだということがわかった。そして、彼は明らかにほめられたことを喜んでいる。

後輩や部下を育てるには、こういう小さなことが大切なのだと思った。速水はそれをよく心得ている。

長い付き合いだが、いまだに彼から学ぶことは多い。そんなことを思いながら、安積は駐車場に向かった。

23

紫野は、出かけようとしていた。安積たちが訪ねて行くと、明らかに不安そうな顔をした。

「まだ何か訊きたいことがおありなんですか？　申し訳ないが、またにしてもらえませんか。これから約束があって、人と会わなければならないんです」

安積は、紫野の言葉を無視するように言った。

「あなたのご実家は、漁師をされているということですね」

紫野の顔から表情が消えた。同時に顔色も悪くなった。どうこたえていいかわからない様子だ。

「たしかに父は漁師でしたし、今は兄がいっしょに働いていて、家を継ぐことになっています」

「あなたも、漁のお手伝いをされていたのですね？」

「ええ、まあ……。それが、事件に何か関係があるのですか？」

刑事は、相手の質問にはこたえない。

「あなたは、船の操縦に慣れておられると聞きました」

紫野の顔色がさらに悪くなる。

「誰がそんなことを言いました?」

「操縦はおできになるのですね?」

紫野は、何か反論を試みようとしている様子だったが、やがて諦《あきら》めたように言った。

「父といっしょに漁に出て、よく舵《かじ》を握りましたよ。でもね、昔のことです」

「あなたは、私たちに嘘《うそ》をつきましたね?」

この一言は、かなり大きなプレッシャーを与えるはずだった。

紫野は、うろたえている。

「嘘……?」

「船の操縦がおできになるのに、できないとおこたえになった」

「ポエニクス号に乗るときは、いつも加賀が操縦していたとこたえただけです」

弁護士らしいこたえだ。

「いえ、私が船の操縦はおやりにならないのかと、尋ねたとき、あなたは間違いなく、できないとおこたえになったのです。そして、あたかも、加賀さん以外は船の操縦に慣れていないという印象を私たちに与えようとなさった。船舶免許をお持ちの木田さんも含めて……」

「たしかに私は、多少は船を操ることができます。それが何だと言うんです」

「嵐の中で、ポエニクス号を操舵しつづけた人物がいます」

「加賀じゃないんですか？」

「いえ、そのときには、すでに加賀さんは亡くなっていました。操舵しつづけた誰かが、加賀さんを殺害したのです」

「私が加賀を殺害したとでも言うのですか？」

「その点について、詳しくお話をうかがいたいので、署にご同行いただけませんか？」

「任意同行には従えません。言ったように、これから人と会わなければならないのです」

さすがに弁護士は手強《てごわ》い。安積は思った。たいていの一般人は任意同行を拒否しない。

「けっこうです。しかし、お話がうかがえるまで何度でもやってきます。警察のやり方はよくご存じのはずですね」

紫野の顔色は相変わらず悪い。ひどく緊張している。そして、その理由は自分の容疑が固いことがわかっているからだ。

今、彼はいろいろなことを天秤《てんびん》にかけているはずだ。何が得策なのか考えさせよう。そう思って、安積は黙っていた。

やがて、紫野が大きく息をついた。

「私は、船を操縦していただけだ。加賀には指一本触れていない」

「加賀さんは、四日前、つまり土曜日の午後二時頃に船を出しました。そのとき、あなたはポエニクス号にいっしょに乗船していたのですね？」

「乗っていた」

「他に誰が乗ってましたか?」

「木田だ」

 安積はうなずいた。紫野は、もう言い逃れができないと悟り、いかに自分の罪を軽くすることができるかを考えることにしたようだ。

「これからどなたかにお会いになるのを、キャンセルしていただきます。署にご同行いただけますね?」

「私は操舵していただけだ。嵐の中、船を転覆させまいと必死だった。木田がキャビンで何をしていたか知らないんだ」

「しかし、木田さんが何をしようとしていたのかはご存じでしたね?」

「それについて発言すると、公判で証拠になり得るので、こたえることはできない」

「けっこうです」

 紫野はこたえなかった。

「わかってくれ。すべては木田が計画して、私はそれに手を貸しただけなんだ」

「つまり、あなたはその計画についてあらかじめご存じだったということですね?」


 安積は、車の中から池谷管理官に電話をした。

「木田が、加賀の殺害を計画し、実行したという証言が取れました。木田の身柄を確保してください」

「任意で引っぱろう。抵抗したり、逃亡を試みたら緊急逮捕する」

「お願いします」

逮捕状が間に合わないので、やむを得ない措置だ。

安積と矢口が、後部座席で紫野を挟んで座っていた。紫野は一言も口をきかなかった。

彼は、何を考えてるのだろう。

弁護士である彼は、犯罪の愚かさをいやというほど見てきたはずだ。それとも、犯罪の世界にどっぷり浸《つ》かっていたので、感覚が麻痺《まひ》してしまったのだろうか。

もしかしたら、警察の追及をかわせると高をくくっていたのかもしれない。いずれにしろ、あやまちを犯したのだ。その代償はあまりに大きいと、安積は思った。

紫野の身柄を、別館の玄関に待機していた捜査員たちに無事に引き渡すと、速水が言った。

「新藤に会いに行かなければならないな」

「どうしてだ？」

安積は、聞き返した。

「木田が引っぱられるとなると、やつも動きだすんじゃないか」

「動きだす？」

「逃走を図るとか……」

「どうして、新藤が……？」

「新木場の件で、あいつが殺人に関与しているのは間違いない」

「何だって？」

「殺人に使われたグラスに、俺の指紋が残っていた。あいつは、何度も俺に飲み物を運んで来た。そのたびに、俺の指紋がついたグラスを持ち去っていたんだ」

「新藤がおまえをはめたというのか？」

「木田に命じられたんだろう」

「木田が……？」

「あいつが、加賀殺しの計画を立てたというのは、おそらく本当のことだ。どんな場合でも中心人物にならないと気が済まないタイプだからな。そして、加賀殺害は、新木場の香住殺害と密接に関係している。木田は、両方の殺人事件の綿密な計画を立てたんだ」

「おまえをパーティーに招待したのも、その計画の一環か？」

「おそらく、新藤に俺のことを聞いて思いついたんだろう。警察官を容疑者にするっていうアイディアをな」

「何のために」

「捜査を攪乱《かくらん》するためだろう。実際、俺を疑った捜査員が少なくなかった」

「新藤が毒の入ったグラスを香住に渡したのだろうか……」

「俺の指紋がついたグラスに毒を入れることができたのは、新藤だけだ」

安積は、再び池谷管理官に電話をした。

「木田の秘書の新藤も、香住殺害に関与した疑いがあります。これから会いに行くつもりですが、木田を監視していた要員を新藤のほうに回せますか？」

「木田の監視には、おたくの須田たちが向かっていたはずだ。直接指示してくれ」

「了解しました」

安積は、すぐに須田の携帯電話にかけた。

「はい、須田。係長ですか？」

「今、どこにいる？」

「木田の事務所のそばにいます。監視していたら、身柄を押さえろという捜査本部からの指示があり、捜査一課の連中が向かいました」

「木田は、まだ会社にいるのか？」

「はい、そのようです」

ならば、新藤もいるだろう。

「秘書の新藤の動向に気をつけてくれ。これから、俺たちが会いに行く。どこかに移動しようとしたら、何とか口実をつけて、その場に押し止《とど》めておいてくれ」

「ええと……。了解しました」

返事は心許《こころもと》ないが、須田に任せておけばだいじょうぶだと、安積は思った。

「捜査一課の連中が、木田の身柄を押さえに行ったそうだ。向こうに須田がいて、新藤を見張っていてくれている」

安積が言うと、速水はすぐに運転席に乗り込んだ。安積も、助手席に座る。

あわてて後部座席に乗った矢口が言った。

「ちょっと、待ってください。展開が早すぎて、自分はついていけません」

速水が言った。

「ついてこられるように努力しろ。それが、勉強だ」

おそらく、速水は早い段階で、新藤の不自然さに気づいていたのだろう。だから彼は不機嫌だったのだ。

新藤を買っていただけに、裏切られたことに腹が立つのだ。それでも速水は自制している。そして、矢口を鍛えようとしている。

やはり、こいつはたいしたやつだ。そう思うのは、これで何度目だろう。


『オフィスガニメデ』は、静まりかえっていた。すでに、午後八時を過ぎているが、フロアには、たくさんの社員の姿がある。

いつもそうなのだろう。不景気の中で生き残るには、働きまくるしかないのだ。ただ、いつもと雰囲気が違うことは、容易に想像がついた。

社員たちは、仕事が手に付かない様子だ。社長が警察に連れて行かれたのだから当然だ。受付嬢の姿はない。定時で帰宅したのだろう。

新藤が、安積たちに気づいて近づいてきた。

「社長が、刑事さんに連行されたんです。いったい、どういうことなんです？」

速水がこたえた。

「どういうことなのか、おまえはよく知っているはずだ」

「え……？　速水さん、何を言ってるんです？」

「俺をはめたな？　社長に命令されてやったことなんだろうから、今さらおまえを責めたりはしない。だが、俺に対して謝罪したい気持ちがあるのなら、正直に何もかも話してくれ」

新藤は、顔色を失って立ち尽くしていた。この速水の言葉は、決定的だった。

安積は言った。

「詳しく話をうかがいたいので、あなたも署までご同行いただけますか？」

新藤は、救いを求めるように一瞬、速水の顔を見たが、それが間違いだったと、すぐにわかったようだ。彼は、眼を伏せた。

社長が連行された段階で、彼はいつ自分の番が来るかと、気が気ではなかっただろう。

安積はもう一度言った。

「いっしょに来ていただけますか？」

新藤は、うつむいたまま言った。

「わかりました」

　安積たちは、新藤を連れてエレベーターホールに向かった。

　須田が近づいてきた。捜査員といっしょだ。捜査一課の刑事らしい。安積は、須田に尋ねた。

「どこにいたんだ?」

「オフィスの前にいました。係長たちがオフィスに入っていくところも見てましたよ」

「気づかなかったな」

「俺たちの監視もまんざらじゃないということですね」

「新藤の身柄を、東京湾臨海署に運ぶ」

「別館じゃなく?」

「新木場の事案について話を聞くんだ。そっちの捜査本部のほうがいいだろう」

「俺たち、両方の事案を担当することになったわけでしょう?　別館に運んでも問題ないと思いますがね……」

「あちらの捜査本部に、あれこれ文句を言われたくないんだ」

「もちろん、係長の判断に任せますよ」

「おまえたちも、もう引きあげていいぞ」

「了解しました」

　新藤を車に乗せて、東京湾臨海署に運んだ。あらかじめ連絡しておいたので、駐車場まで迎えが来ていた。四人の捜査員だ。その中に相楽がいた。

相楽が安積に言った。

「ごくろうさんです。あとは引き受けます」

「いや、俺たちが話を聞く」

「こちらの事案ですよ」

須田の受け売りをすることにした。

「我々は、全員で二つの事案の捜査をすることになったんだ。だから、俺たちが話を聞いても問題はないはずだ」

相楽は、悔しそうな顔をした。わかりやすいやつだ。

「身柄は、こちらにいただけるんですね？」

「話を聞いた上で、身柄を押さえる必要があると判断したらな」

「わかりました」

任意同行の事情聴取ならば、捜査本部の席や会議室を使うことが多い。だが、新藤は取調室に連れて行くことにした。事情聴取というより、事実上の取り調べだ。

新藤と向かい合って、安積が座った。記録席に矢口が座る。速水は、矢口の脇に立っていた。

安積は、氏名、住所、年齢、職業など、書類に必要な事柄を尋ねた後に、言った。

「速水の指紋のついたグラスに毒物を入れることができたのは、あなただけだと、速水が言っています。そうなんですね？」

新藤は、うつむいたまま何も言わない。

「速水が言ったでしょう。もし、謝罪したい気持ちがあるのなら、すべてお話しになるべきです」

それでも、新藤は顔を上げようとしない。

黙秘するつもりか……。安積がそう思ったとき、ようやく口を開いた。

「まさか、あんなことになるなんて知らなかったんです」

「あんなこと、とは?」

「飲み物を飲んだ人が死ぬなんて……」

「速水の指紋がついたグラスを回収して、それに飲み物を入れ、さらに毒物を混入したのは、あなたですね?」

「そうです。でも……」

「でも……?」

「社長に命令されて……。断ることができませんでした。断ったらクビです。自分みたいなやつは、あそこをクビになったら、もう働き口なんて見つからないですから……」

「順を追って話してください。速水をパーティーに招待しようと言い出したのは、誰ですか?」

「社長です」

記録のために確認した。

「社長の木田修ですね？」

「そうです。世話になっているんだろうから、有名人が集まるパーティーに招待したらどうだ、と言われました。そのときは、自分、すごくうれしかったんです。誇らしい気分でした」

「それから……？」

「パーティーの二日前の金曜日のことです。香住さんを知っているな、と訊かれました。知っているとこたえると、パーティーであいつに一泡吹かせたいので、これをグラスに入れて飲ませろといわれて、白い粉の入ったファスナー付きのビニール袋を渡されました。そのときに、速水さんが使ったグラスでその薬入りの飲み物を、香住さんに飲ませるようにと指示されたんです」

「そのときあなたは、どう思いましたか？」

「妙な指示だな、と思いました」

「当然、速水に罪を着せるつもりだということがわかったはずですね？」

「後になってわかったんです。社長の『一泡吹かせたい』という言葉をずっと信じようとしていましたから……」

「後になって、というのはいつのことですか？」

「パーティー会場で、香住さんが亡くなったと知ったときです」

「グラスにあなたの指紋がなかったのはなぜでしょう？」

「ＶＩＰが集まる大切なパーティーだから、礼儀として白い手袋をしていろと言われたんです」

それから、安積は速水の指紋がついたグラスに飲み物を移し、毒物を混入して、それを香住に手渡すまでの手順を詳しく尋ねた。

すべてを記録したことを確認して、速水に言った。

「何か訊きたいことはあるか？」

少し間を置いてから、速水が新藤に言った。

「しっかり罪を償ってこい。それが終わったら、必ず俺のところに来い」

それだけ言うと、速水は取調室を出て行った。

新藤が泣き崩れた。

24

　安積は、新木場クラブ殺人事件捜査本部の都築管理官に、新藤の証言について報告した。

　都築は、話を聞き終わると言った。

「話はわかった。だが、どうしてクルーザー殺人事件の捜査本部の君が、ここで事情聴取をやっていたんだ？」

「二つの事案は関連しているということが明らかになりました。どちらの事案を担当していたかは、すでに問題ではないでしょう」

　都築はしかめ面になった。

「新藤の証言によると、木田が主犯格ということになるが、その木田の身柄はそっちの捜査本部にあるんだな？」

「木田には、クルーザー殺人の容疑もかかっておりますので……」

「仕方がないな……。池谷管理官に、知らせを待っていると伝えてくれ」

　二つの捜査本部が追っている被疑者が共通している。だから、どちらが逮捕しても問題はないと思っていた。だが、問題は残っていた。管理官同士のライバル心だ。

だが、そんなものはどうでもいいと、安積は思っていた。

「了解しました」

「速水の容疑が晴れてよかった」

本気でそう言っているのだろうか。疑問だったが、安積はこたえた。

「私もそう思います」

後のことを相楽たちに任せて、別館の捜査本部に戻ることにした。速水が運転する車で移動したが、その間、速水は一言も口をきかなかった。

こういうときは、そっとしておくに限ると、安積は思った。

触らぬ神に祟《たた》りなし、だ。

別館の捜査本部に戻り、池谷管理官に新藤の件を報告した。

「木田は、まだ落ちない。だが、取調室からの知らせによると、時間の問題だそうだ」

「結果を待つしかないですね」

「そうだな」

安積は、池谷管理官のもとを離れ、速水や矢口のいる場所に戻ってきた。速水がむっつりとしている。

安積は言った。

「新藤は、命令されてやったんだ。おまえを裏切りたかったわけじゃない」

速水は、何を言ってるんだという顔で安積を見た。

「そんなことはわかっている」

「だが、おまえはずっと機嫌が悪そうだ」

「機嫌が悪いだって？　そんなことはない。考えていたんだ」

「考えていた？　何を？」

「木田や紫野が、加賀を殺害した理由だ。加賀とあの二人がトラブルを抱えていたという証言は一つもない」

「たしかにそうだが……」

「木田と紫野は、裏切り者を始末したのかもしれない」

「加賀が裏切り者だったということか？」

「そうだ」

「どんな裏切りだ？」

「香住の殺害は、三人が共謀する予定だった。だが、加賀だけが考え直したんだ。すると、木田と紫野は、加賀を始末するしかなくなる。加賀は、二人が香住を殺害することを知っているわけだからな」

「三人が共謀して香住を殺害……？　なぜだ？」

「かぐや姫のためなら、求婚している公達《きんだち》は何でもするんだよ」

「三人は、永峰里美のためにやったというのか？」

「そう考えると、筋が通るだろう？」

「永峰里美と香住昌利の関係を知る必要がある」

「向こうの捜査本部で、とっくに洗っているんじゃないのか？」

安積は、相楽に電話してみることにした。

「はい、相楽」

「被害者の香住と、永峰里美の関係について知りたいんだが……」

「何のためにですか？」

「二つの殺人の動機に、彼女が深く関与している可能性がある」

「事件の陰に女あり、ですか？　そりゃ、たしかに永峰里美と香住の間には、ちょっとばかりトラブルがあったようですが……」

「どんなトラブルだ？」

「香住が強引に永峰里美との交際を迫っていたということです」

「永峰は、当然突っぱねたんだろうな？」

「それが、何か弱みを握られているようで、何度かレストランなどでいっしょにいるところを目撃されているんです」

「いっしょに……？　二人きりで、か？」

「そうです。目撃者の中には、芸能関係のスキャンダル専門のフリーカメラマンなんかもいたので、確かな話です」

安積はもう一度、直接永峰里美に話を聞く必要があると思った。だが、ここは一歩引いて、相楽や都築管理官に花を持たせるべきかもしれない。

「永峰里美に直当たりはしたのか？」

「いえ、まだしていません」

「直接話を聞いてみてくれ」

「彼女が殺人の動機に関与しているかもしれないと言いましたよね？」

「そうだ」

「どういうことなんです？」

「木田、紫野、加賀の三人が、彼女のために香住の殺害を計画した可能性が高い。そして、加賀だけが考え直して、計画から抜けたがった。それで、木田と紫野は加賀を抹殺しなければならなくなった……。そういう読みだ」

「わかりました。永峰里美と被害者の香住の関係を詳しく洗い出します。直当たりは、安積係長がやってください」

「俺が……？」

「敵に塩を送るつもりかもしれませんが、他人が読んだ筋に乗っかって手柄にするつもりはありませんよ」

安積は、思わず笑い出しそうになった。相楽なりの矜持《きょうじ》なのだろうが、まるで小学生が意地を張っているように思えたのだ。

「わかった。これから会いに行ってみる」

電話を切ると、速水が安積に言った。

「誰に電話していたんだ?」

「相楽だ」

「永峰里美に会いに行かせるつもりだったのか?」

「ああ。彼女は新木場のパーティーに参加していた。向こうの参考人でもある」

「冗談じゃない。加賀殺しの動機に関わっているんだ」

「木田、紫野、加賀の三人が共謀して香住殺害の計画を立てた。それは、永峰里美のためだった……。そういう説を立てたのは、おまえだぞ」

「おまえは、いったいどっちの味方だ? 手柄がほしくないのか?」

「どいつもこいつも、そんなことを言う。俺は、真実を知りたいだけだ」

「かっこつけるなよ」

「いいから、永峰里美に会いに行くぞ」

速水がにやりと笑った。

「結局、おまえが行くわけだな?」

「相楽は言った。他人が読んだ筋に乗って手柄にするつもりはないと」

「ほう。あいつにもいいところがあるじゃないか」

そういう見方もあるのか……。

矢口は、二人のやり取りを黙って聞いている。すっかり毒気を抜かれたように見える。

「この時刻だ。永峰の自宅を訪ねてみよう」

安積が言うと、速水がこたえた。

「俺は黙って運転することにするよ」

永峰里美は、港区南青山四丁目のマンションで一人暮らしだった。安積たちが訪ねて行っても、驚いた様子を見せなかった。

安積たちが、再び会いに来ることを予想していたのかもしれない。こういう場合、相手の態度は二つに分かれる。

観念して本当のことをしゃべるか、周到に言い逃れの準備をしたかのどちらかだ。たいていは後者だが、おおむね失敗する。

永峰里美は、ジーパンにTシャツという姿だ。話を聞きたいというと、あっさりと部屋に招き入れてくれた。

三人の刑事が並んでソファに腰かけた。安積たちから見て九十度の位置に彼女が座った。

「私は、加賀さんについては、知っていることは全部お話ししました」

「うかがいたいのは、加賀さんのことではなく、香住さんのことです」

彼女の顔から表情が消えていく。感情を読まれまいとしているのだろうか。いや、そうではなさそうだと、安積は思った。

永峰里美は、動揺してはいない。どうやら覚悟を決めているようだ。

「香住さんの何をお知りになりたいのです？」

「あなたは、香住さんから交際を迫られていたそうですね」

「ええ……」

「しかし、交際なさるおつもりはなかった……」

「はい」

「しかし、何度かお二人で食事されているところを目撃されていたようですね」

「お誘いを受けて、出かけたことがあります」

「あなたと、香住さんの間に、何かトラブルがあったのでしょうか？」

「彼の強引さに、私はとても迷惑していました」

「どういうふうに強引だったのですか？」

永峰里美は、何かを考えている様子で、長い間を取った。安積は、彼女が話しだすまで黙って待つことにした。

やがて、彼女は言った。

「香住さんとは、先日と同じようなパーティーで知り合いました。最初は、快活でとても面白い人だと感じました。それで、いろいろとお話をしました。彼がネットトレーダーをしているというので、私は興味を持ちました。それが、間違いの始まりでした」

「間違い……？」

「彼は、はっきり言って詐欺師です。うまいことを言って、投資話を持ちかけ、他人から金を引き出していたのです」

「あなたも、それに騙《だま》されたというわけですか？」

「金を騙し取られたどころか、私が彼に多額の借金をしているということになってしまいました」

「借金を……？」

「損失の補塡《ほてん》を彼が肩代わりしたということになり、私は五千万円以上の借金をしたことになってしまったのです」

「しかし、それは犯罪行為なので、法的な措置を取れたはずです」

「紫野さんに相談したこともあります。紫野さんも親身になってくれました。でも、香住は私が印鑑を押した書類を楯《たて》に取ったのです」

いつの間にか、「香住さん」から「香住」になっている。

「要するに、不用意に判を押した書類ということですね？」

「ええ、まったく愚かだったと思います。香住を信用してちゃんと書類をチェックしなかったので……。香住は巧妙で、間に金融機関を挟んで、私の借金を法的に有効なものにしてしまっていたのです。その借金をちゃらにしてやるから、俺と付き合え。何度も、そんなふうに言われていました。私は本当に困り果てていました」

「それを紫野さんに話されたのですね？」

「はい」

「その他には誰かにお話しされましたか？」

「木田さんと加賀さんに……」

「その三人が、その後何を考えたのか、あなたはご存じですね？」

ここで白を切られたら、面倒な展開になる。安積はそれを覚悟していた。だが、意外なことに、彼女はあっさりとそれを認めた。やはり彼女は腹をくくっていたようだ。

「知っていました。彼らは、私のためにそれを計画したのですから……」

「その計画というのを、具体的に教えてください」

「香住を殺すことです」

安積はうなずいた。

「署までご同行いただかなければなりません。そこで、詳しいお話をうかがうことになります」

「わかっています」

「その計画で、あなたの役割は？」

「パーティーに、香住を誘い出す役目でした」

「そして、毒物が混じった飲み物をこの速水の指紋がついたグラスに入れて、香住に飲ませた……」

「パーティーに香住を誘い出してくれたら、俺の部下がうまくやる……。木田さんはそう言いました」

それが新藤の役割だったのだ。

彼女の身柄は、都築がいる捜査本部に運ぼう。安積はそう思った。彼女は、新木場のパーティーの出席者であり、加賀殺害には直接関与していない。

須田ではないが、加害者に思い入れしそうになる。こういうときは、事務的に物事を処理するのがいい。

永峰里美を車に乗せて、東京湾臨海署に向かった。レインボーブリッジが見えてきたとき、彼女が大きく吐息を洩《も》らすのが聞こえた。

永峰里美の身柄は、東京湾臨海署の捜査本部に送り、安積たちは別館の捜査本部に引きあげた。

車を下りるとき、速水が言った。

「彼女はどういう罪に問われるんだ？」

「木田たち三人が殺害を計画していることを知りながら、香住をパーティーに誘い出したんだ。殺人の共犯ということになるかもしれない」

「彼女は、香住にさんざん苦しめられ、三人に相談しただけだ」

「検察官がどう思うかだ。だが、おまえの言うとおり、情状酌量の余地はあるだろう」

速水はうなずいた。それきりそのことについては触れなかった。

池谷管理官に、永峰里美の証言を伝えた。管理官は、即座に言った。

「紫野、新藤に加えて、永峰も落ちたと、木田の取り調べを担当しているやつに伝えろ」

伝令が走った。こういうときには、いまだに電話ではなく伝令が使われる。

安積は池谷管理官に尋ねた。

「……ということは、木田はまだ落ちていないのですね？」

「なに、じきに落ちる」

その言葉どおり、一時間後に、木田の自白が取れたという知らせがもたらされた。

事件の全容がようやく明らかになった。

大筋は、速水の読みどおりだった。それは、永峰里美の証言でも明らかだった。

木田が立てた香住殺害の計画から、加賀が抜けると言い出した。怖《お》じ気《け》づいたのだと、木田は言ったそうだ。そんな加賀が許せず、紫野と相談をして殺害を計画したという。

土曜日の午後に、紫野と木田は、加賀とともにポエニクス号に乗り込んだ。加賀は、嵐の前に帰港するつもりだったようだ。だが紫野と木田は加賀に最後の説得を試み、その話し合いは一日以上に及んだ。

結局、話し合いは結着せず、気づいた頃には台風の真っ只中にいた。急いで加賀が船を戻そうとしたところを、船内にあったロープで首を絞めて殺害。紫野は、操舵をしていて木田がキャビン内で何をしたのか知らなかったと言っていたが、木田は紫野と二人で殺害したと言っている。

二人の証言に食い違いがあるが、おそらく木田が言っていることが正しいと安積は思った。紫野をさらに追及することになるだろう。だが、それは安積の役割ではない。

嵐が去った後に、いったん神奈川県内の港にポエニクス号を着け、木田と紫野は上陸した。加賀の死体だけを乗せたポエニクス号は、エンジンをかけたまま沖に出した。それで、燃料タンクが空になっていたのだ。

木田は、以前から加賀のことをうとましく思っていたということだ。永峰里美の争奪戦では、加賀が一歩リードしていたし、加賀の『サイバーセサミ』社が、木田の『オフィスガニメデ』を買収するという話が囁《ささや》かれていたのだという。

女も会社も加賀に盗《と》られる。そんな気持ちだったのだろう。そうした感情も、木田を加賀殺害に駆り立てた要因になったのかもしれない。

木田の自白で、捜査本部に安堵《あんど》の空気が流れた。だが、ほっとしている場合ではない。これから、全員の逮捕状請求や送検のための疎明資料作りが始まる。

その作業は夜明け近くまでかかるはずだ。だが、捜査員たちの表情は明るい。事件を解明したという充実感があるのだ。安積も、解放感を味わっていた。

すべての書類作成の作業が終了したのは、午前四時半頃のことだった。これで、ようやく捜査本部解散だ。

捜査本部を出ようとしていると、速水に声をかけられた。

「帰宅するのか?」

「いや、どうせ朝には出勤しなければならないんだ。署に戻ってどこかで仮眠を取るよ」

「じゃあ、署まで送ろう。どうせ、車を戻さなければならない」

「それはありがたいな」

そこに、矢口がやってきた。速水が矢口に言う。

「何か用か？」

「自分は、賭《か》けに負けました。速水さんに絶対服従ということになります」

「賭けの有効期間は、捜査本部がある間だけだ」

「そうなんですか。それを聞いて、ほっとしましたよ」

「だが、最後に一つだけ、俺の言うことを聞くんだ」

「いいですよ。何です」

「いい刑事になってくれ」

矢口はきょとんとした顔になった。

「ええ……。でも、いい刑事って何です？」

「決まってるだろう。安積係長のような刑事のことだ」

矢口は一度安積の顔を見た。安積は思わず目をそらしてしまった。

矢口が言った。

「わかりました」

彼は、速水と安積に規定どおりの礼をしてから去って行った。

「俺は、いい刑事なんかじゃないぞ」

安積が言うと、速水がこたえた。

「照れることはないだろう」

「矢口は、この捜査本部にいる間にずいぶん変わったな」

「そうか？」

それだけ言うと、速水は駐車場に向かった。安積は、そのあとを追った。

空が白んでいた。

今日も晴れている。もう夏の空ではない。

もう少しだけ、夏の名残を味わっていたい。安積は、そんなことを思い、速水と別れて刑事課に向かった。

強行犯第一係の席にやってくると、安積班の全員が顔をそろえていた。

「みんなも戻ってきたのか」

村雨がこたえる。

「今日は何事もないことを祈りますよ」

同感だった。

村雨がいて、須田がいる。黒木に、桜井に、水野。

家族に会うよりも安心するな。

安積は、そう心の中でつぶやき、仮眠できる場所を探しに行くことにした。

解説

関口苑生

本書『晩夏』は、安積班シリーズ十三冊目となる作品である（他にスピンオフ作品が二作あり）。ちなみに第一作から数えると、二十五年目の記念すべき一冊だった。

まずは改めておさらいしておこうか。安積班シリーズの始まりは《ベイエリア分署》篇として『二重標的《ダブルターゲット》』『虚構の殺人者』『硝子の殺人者』の三作でスタートした。一九八八年から九一年にかけてのことである。舞台となる東京湾臨海署も、二階建てのプレハブに毛が生えたような粗末な庁舎だった。というよりも、本庁所属の交通機動隊と高速道路警察隊の分駐所と同居、もしくは間借りする恰好《かっこう》といったほうがよかったろう。ところがバブル経済が崩壊し、臨海副都心構想も頓挫《とんざ》するなど、種々の事情により臨海署は閉鎖されてしまう。

ここで安積班シリーズも一旦は終了する。

とはいうものの、失礼ながら当時は大変なシリーズが終わってしまったという感覚はなかったように思う。だが、作者にだけは安積を忘れたくない、警察小説を書きたいという熱い思いがずっと滾《たぎ》っていたのは間違いない。

その結果、数年後に何とも微妙な形で復活を遂げるのだ。シリーズを離れた形式をとったスピンオフ作品『蓬莱《ほうらい》』『イコン』の二作が発表されたのである。今になって振り返ってみると、この二作は今野敏の作家人生にとっても、エポックメイキング的な役目を果たした作品であったかもしれない。これがあったからこそ、次も書けたのだ。

このときの安積たちは、原宿を中心とした神南署に異動したという設定だった。一九九四年、九五年のことだ。

これが呼び水となって、正式なシリーズが復活するのはその数年後となる。安積班のメンバーはそっくりそのまま神南署に異動しており、これが《神南署》篇となって『警視庁神南署』『神南署安積班』の二冊が出る。

しかし、そこからさらなる驚きが待っていた。放送局がお台場に引っ越して以来、徐々に周囲の状況が変わり、やがて臨海地区の開発が再開されて、急激な発展を遂げ始めたのだ。人が集まると犯罪も増えてくる。そこで東京湾臨海署も再開することになり、再び安積班全員が異動となる。もっとも、その裏では野村武彦署長の強引な思惑が働いたと囁《ささや》かれている。以後《東京湾臨海署》篇として、現在まで『残照』『陽炎』『最前線』『半夏生』『花水木』『夕暴雨』『烈日』『晩夏』『捜査組曲』と、シリーズは順調に続いていく。

つまり安積班シリーズとは、この《ベイエリア分署》《神南署》《東京湾臨海署》の三期からなるものの総称と言ってよい。

ともあれ結構な波乱がありながらも、ここにいたってようやく安積たちが腰を落ち着けて行動するベースが確立し、読者のほうも安心して彼らの活躍を見守ることができるようになったのだった。それに加えて、彼らを取り巻く環境も次第に変化していく。二〇〇〇年の『残照』では、まだ臨海署の庁舎はだだっ広い駐車場が目立つばかりの、かつてのベイエリア分署のままだった。そこから増築なども少しはするが、二〇一〇年の『夕暴雨』(連載は二〇〇八～〇九)で、七階建ての近代的なビルとなった新庁舎へ引っ越すことになる。

その頃には、お台場はベイエリア分署時代とはすっかり様変わりしていた。ショッピングモールやホテル、巨大な展示場、公園、そして遊興施設がいくつもでき、若者が集まる一大スポットとなったのだ。そこで東京湾臨海署も規模を拡大する必要に迫られ、隣りの敷地に新庁舎が建設されたのだった。それと同時に、組織も大幅に拡充された。安積と直接関係する刑事課の人数もほぼ倍になり、強行犯係も増えた。安積班は強行犯第一係となり、新たにやってくる班が、強行犯第二係となる。だが、その第二係の係長としてやってきたのが、元本庁捜査一課の捜査員――というより、シリーズ読者にはお馴染《なじ》みのと言っていいだろう、第一作からの因縁の相手、相楽啓警部補だったのだ。案の定、相楽は着任早々から安積の強行犯第一係に、尋常ではない対抗心を燃やしていく。安積の心情としては、これで職場は面倒くさい、内憂外患の場と感じるようになったかもしれない。

けれども――多分ご承知ではあろうが、これもまた作者の手の内なのであった。

その一方で、安積の第一係にも新たな係員が補充される。安積班シリーズが原作の人気テレビドラマ『ハンチョウ』に先を越された形とはなったが、女性刑事の水野真帆が『烈日』(収録の「新顔」)から加わり、安積班のメンバーとなる。

また組織の拡充によって、かつての水上署が統合され、水上派出所や警備艇は東京湾臨海署の所属となった。従って、東京湾など海上の事故、事件の事案も担当することになったのだ。水上署は臨海署の別館となり、そのまま使用されている。

――とまあ、おさらいが随分と長くなってしまったが、本書はこの水上安全課からの連絡で幕が開く。

台風一過の東京湾で漂流していたクルーザーから、絞殺死体が発見されたのだ。発見の経緯は、朝早くから客を乗せてポイントを探していた釣り船の船長が、羽田沖で漂流しているらしい船があると港湾局へ無線連絡を入れたものだという。通報を受けた水上安全課が警備艇で駆けつけたところ、船室で倒れている人間を発見し、人名救助最優先の原則のもとに鍵を壊して中に入ったのだった。

死体を船内に入れたまま、青海埠頭へと警備艇が曳航してきたクルーザーに臨場した安積と須田三郎巡査部長は、どこか引っ掛かる思いを抱く。船舶での事故や事件の現場は、もちろん船内である。だが、鑑識の石倉晴夫係長の見立てによると死後六時間くらい。死んだのは、昨夜の台風の真っ最中ということになる。そのとき海は大時化だ。そうすると、犯人はどこから来て、どこへ行ったのか……。

また事件はこれだけではなかった。

同じく昨夜の台風のさなか、新木場のクラブを借り切って開かれていたパーティー会場で、変死体が発見されたのだ。こちらの事案は相楽班が臨場していたが、臨海署にとっては、このふたつの事件の両方で捜査本部が立ったことのほうが厄介な問題であったろう。

そこへきて、さらなる衝撃が彼らを襲う。

新木場の事件の重要参考人として、交機隊の小隊長、速水直樹警部補が身柄を確保されたのである。

こんな風に書いていても、本書はいつになく贅沢《ぜいたく》な造りになっているとつくづく思う。そして、その捜査本部では、所轄の刑事はS1Sのバッジを付けた本庁捜査一課の捜査員と組むことになる。ベテランと新人という組み合わせが常道で、安積もこの時は若い刑事と組まされる。だが、この若手がとんでもない勘違い刑事であったことから、安積の苦労と悩みはどんどん増えていく。おそらくは捜一でも問題児であったのだろう。若手刑事の上司からは、どうかひとつ教育してやって下さいと頼まれる始末なのだった。

またふたつの捜査本部の管理官がどうしようもなく、筋読みは悪いわ、偉ぶるわの最悪のパターン。何しろ速水が重要参考人となって、完全に犯人扱いなのだ。安積は自分の事件の捜査以上に、親友のことが気になって仕方がなくなる……。

物語の構造は、おそろしく複雑だ。いくつもの事柄が同時に重なって起きていくのである。しかも、目に見える表のことだけではなく、その裏に秘められた関係者たちの思惑も見え隠れする。にもかかわらず、およそとっ散らかったところがないのだ。ここにも今野敏の巧《うま》さが際立っている。どれほど事態が複雑になろうとも、全体を通して物語を語る視点が安積ひとりだけのもので、それもきちんと時系列順に語っているから、読者には一切混乱をきたさないようになっているのだ。

さらに驚くのは、その間の出来事、どうしてそうした事態になっていったのかということを、人の気持ちと感情、人と人とのやり取りで描いていく手法である。この描き方が最高に素晴らしいのである。いや、そんなことは当たり前だろうと、どうか思わないでいただきたい。複雑なプロットを、単純な流れで見せていくというのは、作家にとっては三つ星級の腕だと言っておきたい。

ああ……だがそれにしても、今野敏にはいくつもシリーズがあるのは承知だけれども、どうしてなんだろう、「安積班」を読むと「帰ってきた」という感覚が生まれてくる。

本書のラスト三行。

この何でもない描写に、わけもなく涙するわたしはおかしいだろうか。


（せきぐち・えんせい／文芸評論家）

本書は二〇一三年二月に小社より単行本として刊行されたものです。

Haruki Bunko
ハルキ文庫

こ 3-40

晩夏《ばんか》 東京湾臨海署安積班《とうきょうわんりんかいしょあずみはん》

著者 今野《こんの》 敏《びん》

2015年1月18日第一刷発行

発行者 角川春樹

発行所 株式会社角川春樹事務所
〒102-0074 東京都千代田区九段南2-1-30 イタリア文化会館

電話 03(3263)5247(編集)
03(3263)5881(営業)

印刷・製本 中央精版印刷株式会社

フォーマット・デザイン 芦澤泰偉
表紙イラストレーション 門坂 流

ISBN978-4-7584-3867-4 C0193 ©2015 Bin Konno Printed in Japan
http://www.kadokawaharuki.co.jp/[営業]
fanmail@kadokawaharuki.co.jp[編集] ご意見・ご感想をお寄せください。